今日こそ、高野くんに告白するんだ
あ、あの…
だけど
大石さん、今日もかわいかったなー
早く告ればいいのに
この想いは叶わなかった
JN179436

あっけなく終わった私の初恋
あの二人付き合いはじめたんだね
うん…お似合いだよね…
俺の前では強がらないで思いっきり泣いていいよ
つらくて涙がとまらないときみが隣にいてくれた

高野くん別れたって
浮気されたらしいよ
ヒソ
ヒソ
えーかわいそう
ヒソ
花梨ちゃんはさぁ
まだアイツのこと好きなの
マジでバカだよな
それに…超鈍感だし
いつの間にか私の心は
キヨくんで埋め尽くされていた

だから勇気を出して
この気持ちを伝えるよ
キヨくん話があるの！
一生懸命悩んで描いたこの想い
きみは受け取ってくれますか？

野いちご文庫

俺の方が、好きだけど。

miNato

STARTS
スターツ出版株式会社

Contents

清《きよ》野《の》悠《ゆう》大《だい》

Yudai Kiyono

花梨と同じクラスの爽やか男子。失恋したばかりの花梨に、なにかとちょっかいを出してくる。

鈴《すず》峰《みね》花《か》梨《りん》

Karin Suzumine

高校2年生。ずっと片想いしていた高野君に、勇気を出して告白しようとした矢先、好きな子がいると知ってしまい…。

佐《さ》藤《とう》杏《あん》子《ず》

Anzu Satou

同じクラスの花梨の親友。大石さんと同じくらいモテる。言いたいことをズバズバ言う、ちょっとキツめの性格。

大《おお》石《いし》寧《ね》々《ね》

Nene Oishi

花梨と同じクラスの美少女で、高野くんの好きな人。学年で一番可愛いモテ女子だけど、どうやら裏があるようで…？

高《たか》野《の》海《かい》斗《と》

Kaito Takano

隣のクラスの、花梨の好きな人。見た目はクールだけど、話すと人懐っこくて親しみやすい。学年で一番モテる。

一年間ずっと片想いしてた男の子に
告白するって決めた
今世紀最大の勇気を振りしぼって
靴箱に手紙を入れたのに
「いたっけ？」
つきつけられたのは残酷《ざんこく》な現実
ツラくて苦しくて悲しくて
みじめで恥ずかしくて
バカみたいに思えたから
一年分の想いは
なかったことにした
そうすれば忘れられると思った
なかったことになると思った

わたしを救ってくれたのは
優しい優しいキミでした
もう一度だけ
精いっぱいの想いをレターに乗せて

どうか
キミに届きますように
まっすぐにまっすぐに
届け、この想い

step＊1

偽りのラブレター

――ドキドキ。
――ドキドキ。
や、やばい。
すごく緊張する。
ど、どうしよう。
こんなこと、生まれて初めてだよ。
昨日の夜、何度も何度も書きなおした手紙を胸に当てた。
いい文章が思いうかばなかったのと、ドキドキと緊張で何枚便箋《びんせん》をムダにしたことか。
大丈夫。
わたしならできる。
なにも、直接渡すわけじゃないんだから。
靴箱にそっと入れるだけじゃん。

大丈夫。

大丈夫だよ。

昇降口をスーッと通りぬけるまだ少し冷たい風が、シュシュでひとつにまとめた長い髪《かみ》を揺らす。

わたし鈴峰花梨《すずみねかりん》は、この春、晴れて高校二年生になりました。

春休みが明けてそんなに日がたっていないから、新しいクラスにはまだ慣れない。

そんななか、わたしは一大決心をした。

「よしっ！」

うん。

がんばろう。

わたしは今日、高校の入学式の日に一目惚れした高野海斗《たかのかいと》君に告白します。

『高野君へ
大事な話があるので
放課後、体育館裏に来てください。
よろしくお願いします！
二年一組　鈴峰花梨』

ラブレターを書こうとしてみたものの、結局うまく文章がまとまらなくて。

手紙には時間と場所だけ指定して、想いは直接会って伝えることにした。

手紙を靴箱に入れるということだけでも、一大事。

こんなんでホントに伝えられるのかな。

「うー……き、緊張するぅ」

ほかに誰もいないとわかっていても、キョロキョロと周りを確認しなきゃ、いても立ってもいられない。

心臓がありえないほどに、ドッドッと激しく脈打っている。

高野君は二年二組だ。たしか、靴箱はこのあたりに……。

クラスが違うから緊張する。

ゴクッと唾《つば》を飲みこみ、意を決して靴箱を探す。

「た、高野……高野……高野」

上から順に靴箱の名札を確認して名前を探した。

園田《そのだ》……。

高木《たかぎ》……。

高野……！

「あ、あった！」

ちょうど真ん中あたりに高野君の名前を発見したとたん、ドキンドキンと胸の鼓動が大きくなった。

本人が目の前に現れたわけでもないのに、名前を見ただけでこんなにドキドキするなんて。

わたし、相当重症かも……。

なんて思いながら、もう一度周りを見渡す。

よし、誰もいない。

誰かが出てくる気配もない。

慎重《しんちょう》すぎるくらい何度も確認しているわたしは、周りから見ればかなり挙動不審《きょどうふしん》な動きをしているだろう。

すばやく靴箱を開けてみると、高野君の靴は残っていて、まだ校内にいることがわかった。

テスト前だから、部活は全面的に活動禁止なので、放課後はフリーなはずだ。

それにしても……。

今までにないっていうほど、ホントにドキドキしてる。

心臓が口から飛びだしそうって、こういう状況でなるんだね。

一年生の時から高野君は目立っていて、カッコよくて、オシャレで。

みんなの人気者だった。

それに比べてわたしは、おとなしくて、地味で目立たなくて。

高野君とは接点さえなくて、いつも遠くから見ているだけだった。

そんなことを考えたら一気に気持ちが沈んで暗くなった。

でも、わたしはフラれる覚悟で、今日告白するって決めたんだ。

だから、ここで逃げるわけにはいかない。

わたしは最後にもう一度あたりを確認してから、高野君の少し汚れたスニーカーの上に手紙を置いた。

心臓がバクバクいってて、左手でギュッと押さえる。

足の力が抜けそうになるのを、必死に踏んばって身体を支える。

い、入れた！

手紙を……高野君の靴箱に入れてしまった。

これで完了。

あとは高野君が体育館裏に来てくれるのを待つだけ。

そこで改めてわたしの気持ちを伝えるんだ。

体育館裏に移動して、待った。

四月下旬、時折、まだ少し冷たい風が吹き、木々の幼い緑色の葉っぱがザワザワ揺れる。

その光景をぼんやり見つめていると、胸のドキドキが少し落ちついてきた。

気がつけば、あれから約一時間はたったんじゃないだろうか。

「はぁ」

まだ、かな。

遅いな。

さっきから人の声は聞こえてくるけど、こっちに向かってくる足音や気配はない。

部活がないからみんなさっさと帰っていき、次第に校舎の中はガランとして、人の気配もなくなってきた。

手紙を読んだら来てくれる、よね？　そのまま帰っちゃうなんてこと、ないよね。

わたしは体育館のそばの大きな木に隠れながら、校門を出ていく生徒たちの流れの中に高野君の姿を探していた。

緊張から手に汗を握る。

でも、まだ姿は見えない。

それから十分くらいたっただろうか。

高野君が現れるどころか、誰か来る気配もない。

もしかして……ホントに帰っちゃった、とか?

緊張と頭の中がパニックで考えられなかったけど、その場で手紙を読まない可能性だってあるわけだ。

帰ってから読んで気づくパターンだってありえるのに、わたしはいっぱいいっぱいで自分のことしか考えられなかった。

「はぁ……」

なぁんだ。

いつの間にか両手を胸の前で握っていた。

ギューッと力をこめすぎて、息をするのも忘れてしまいそうなほど。

どれだけ緊張してたんだろう。

肩の力が抜けて放心してしまう。

とりあえず、靴箱の中をのぞけば高野君が帰ったかどうかがわかるはず。

よし、それだけ確認してから帰ろう。

あとのことは、また明日考えればいいよね。

そう思ってその場から再び昇降口に向かった。

二組の靴箱の前まで来た時、階段からバタバタと下りてくる足音が聞こえておもわず動きが止まる。

そして、とっさに柱の影に身を隠した。

「おまえ、マジでおせーんだよ！」

「わりーわりー！」

「せっかく早く帰れる日に限って、呼びだされるんだもんな」

「マジでついてないよね、海斗は。ドンマイ」

「だろー？　キヨだけだな、俺をなぐさめてくれるのは。いい奴だよ、おまえは」

「それ、なぐさめてるって言わねーから」

「そうだそうだ。せっかくこれからカラオケ行くっつーのに」

あわただしく階段を駆けおりてきて、荒々しく靴箱を開ける。バンッという大きな音があたりに響いた。

――ドキドキ。

海斗っていう名前と、聞きおぼえのある声。

高野君だ……。

ど、どうしよう。

って、どうしようもないんだけど。

高野君を含む男子四人が、どうやら一緒にいるらしい。順番に靴箱を開け閉めする音が聞こえてくる。

手紙……手紙。

もし、今見つかったら……。

「あれ？　おまえの靴箱に、なんか入ってんじゃん」

――ドキッ。

ま、まずい。

よりによって、友だちといる時に……。

「つーか、手紙じゃね？」

わわ、どうしよう……。

「マジだ、手紙だ」

驚いたような高野君の声。

――ドクッ。

き、気づいた……。

「もしかして、ラブレターとか？」

「見せろよ！」

さ、最悪だ。

完全に注目の的じゃん。

みんなの前で披露《ひろう》されて、茶化されるパターン……。

「おい、人のもん勝手にさわんなよ」

「いいだろ?　ケチケチすんなよ」

「それより、相手は誰だよ?」

「今時こんな古風なことをする女がいるんだな」

「いいからさしだし人は?」

盛りあがる声を聞いて、顔からサーッと血の気が引いていく。

その中のひとりは、高野君と去年クラスが同じでいつも一緒にいた男子だ。

去年はわたしも同じクラスだったから、ふたりが仲良しなのはよく知っている。それでなくても、高野君の周りにいる人はなにかと騒がしくて目立つ人ばかりで学校の人気者。

封筒の裏に名前を書いたから、見られたら終わり。

ど、どうしよう……。

やだよ。

それでウワサでも流されたりしたら……。

もう、学校の中を歩けない。

「えーっと、名前は……」

「おい、やめろって」

「そうだよ、人の手紙を勝手に見るのは相手にも悪いだろ」

「うわ、キヨも海斗の味方かよ。俺らの仲だろ？　かわいい女か確かめてやるから」

高野君が止めに入るけど、周りは聞く耳をもたない。

「二年一組、鈴峰花梨って書いてあるぞ」

最悪。

こんな形で、高野君よりも先に彼らに名前を見られるなんて。

終わった……わたしの恋。

そして、わたしの学校生活も……。

ショックを受けながらも、高野君の反応が気になって聞き耳を立てるわたし。

コソコソして、みっともないのは承知の上。

高野君とはほとんど話したことはないけど、去年同じクラスだったから、わたしの顔くらいは知ってくれていると思う。

……たぶん。

一年生の時、高野君はクラスでいちばん目立つグループのリーダー的存在で、彼の周りにはいつもたくさんの人が集まっていた。

一見クールで近寄りがたく見えるけど、話をするとおもしろくて、誰とでもすぐに仲良くなってしまうところが彼のいいところ。

人気者で明るくて、おまけに学年でいちばんモテているということは親友の杏子《あんず》から教えてもらった。杏子は清楚《せいそ》系の美人で頭もよくてスポーツ万能な完璧な女の子。毒舌できついところもあるけど、裏表がなくてはっきりした性格。思ったことは遠慮なくズバズバ言うけど、ためになることも多く、的を射ているので不快には思わない。それに優しいところもあるから、わたしは杏子が大好き。

ちなみに……類は友を呼ぶらしく、高野君の友だちはみんなカッコよかったりかわいかったり。

地味なわたしなんかが足を踏みいれていい世界じゃないってわかっていたけど、胸にあふれる高野君への想いがどうにもならなくて。

伝えようって決めたんだ。

「鈴峰花梨、か。一組つったら、キヨのクラスだろ?」

「一組か。知ってる奴、あんまりいねーや」

「鈴峰ってかわいいの?」

周りがそんなふうに騒ぎたてるなか、肝心の高野君の声を聞きのがすまいと神経を集中させる。

――ドキドキ。

――ドキドキ。

彼らにバレて学校でウワサになることよりも、今のわたしは高野君の反応が気になって仕方ない。

「キヨ、知ってる？　鈴峰ってどんな奴か」

キヨ……？

同じクラスにそんな人いたっけ？

まだクラスメイトの顔と名前が一致しないから、わからない。

「まだ新しいクラスになって、そんなにたってないからなぁ。それより、あんまり騒ぎたてるなよ。鈴峰に悪いだろ」

キヨ君、この中で彼だけはわたしの味方をしてくれているみたいだ。

いい人だよ、あなたは。

キヨ。

キヨ……。

キヨ……？

あっ！

思い出した！

高野君の友だちの中でも唯一の王子様キャラで、甘いマスクと爽やかな笑顔が特徴的なかわいらしい人だ。

そっか、わたしと同じクラスだったんだ……。

気づいてなかった。

クラスにどんな人がいるかまだわかってなかったし。

高野君の声はまだ聞こえてこない。

「海斗は知らねーの？　鈴峰のこと」

──ドキンッ。

ど、どうしよう。

ドキドキしすぎて胸が痛い。

フラれるって、迷惑だってことは十分わかってる。

わたしには手の届かない相手だってことも。

だけど、どこかで期待していた。

もしかしたら、想いを伝えることで少しは気にかけてもらえるようになるんじゃないかって。

たとえフラれたとしても、想いを伝えることができたらそれでいい。

多くを望んだりなんかしない。

ほかの人にバレるのは嫌だけど、ただ、わたしの気持ちを届けたい。

それだけ。

「鈴峰、か……聞いたことある名字だけど……。顔は……んー、わかんねーな」

えっ……。

高野君から発せられた信じられない言葉に、時が止まったかのような錯覚《さっかく》に陥る。

それと同時に胸にものすごい衝撃が走った。

胸が苦しくて、息ができない。

「いやいや、鈴峰って俺らが一年の時、同じクラスにいたじゃん！　ちっこくて、ふわふわした奴！」

「んー……いたっけ？　俺、あんまり仲良くない女子の名前覚えてねーし」

——ズキン。

いたっけ……？

「うわっ、ひどいヤツ。鈴峰さん、かわいそう」

「まだ告白かどうかもわからないだろ。勝手なことばっか言ってんじゃねーよ」

「決まってるだろ、告白だって。じゃなきゃ手紙なんか入れねーよ」

「早く読んでみろって」

青ざめたまま動けない。

でも、別に『好きです』って書いたわけじゃないし……。

体育館裏に来てくださいって……。

でも、おもしろがってみんなについてこられたら嫌だな。

ズキズキと胸が痛む。

『いたっけ？』

そう答えた高野君の声が頭の中で何度もリピートする。

……いた、よ？

たった一度かもしれないけど、隣の席だったこともあるし、消しゴムを拾ってもらったこともある。

わたし……高野君にクラスメイトだって認識されてなかったんだ？

地味で目立たなかったけど、名前くらいは知ってくれてるだろうってうぬぼれてた。

クラスメイトなんだからって。

わたしは……なにを勘違いしてたんだろう。

どうして、知ってもらえてるなんて思いこんでいたんだろう。

高野君の世界に、わたしは存在してなかったのに。

バカだよね。

ショックで動揺を隠せない。

ホント、バカ。

存在を知らない人から告白されたって、うれしくもなんともないはずだ。

想いを伝えることができたらそれでいいって思っていたけど、もういいや。

恥ずかしさと情けなさとやるせなさが一気に押しよせて、涙がジワジワ浮かんできた。

……悲しい。

話しかけるのもためらってしまうような内気なわたしなんかが、高野君に一目惚れしたこと自体まちがいだったんだ。

「で、なんて書いてあんだよ？　今、読めよな」

「読まねーよ。読むわけねーだろ」

少し面倒くさそうな、イライラしたような声。

読むわけ、ねーだろ……。

読むわけ。

――ズキン。

そう……だよね。

知らない人からの手紙なんて、読むはずないよね。

高野君はモテるから、こんなことには慣れっこで。

いちいち相手にしてたら面倒だもんね。

わたしの気持ちは、高野君にとって面倒以外のなにものでもないよね。

わかってる。

やっぱり、伝えるべきじゃなかったんだ。

手紙なんて、書かなきゃよかった。

「そーだよな。おまえは大石《おおいし》さんひと筋だもんな。ほかの女を相手にしてるヒマはねーか。いいかげん、早く告《こく》れよな！」

「うっせーっつーの」

からかわれて不機嫌そうな声を出す高野君。

大石、さん……？

学年でいちばん綺麗な大石さんのこと……？

高野君って、大石さんのことが好きだったの？

知らなかった、なんにも。

高野君のことを、なにひとつ。

ショックを隠しきれなくて、さらにみじめな気持ちになっていく。

大石さんは学年でいちばんモテている人気者の女の子。

わたしなんか、比べものにならない。

かなうわけないよ……。
「照れんなって！　一年の時からずっと片想いしてるくせに」
ズキッと痛む胸が、これ以上なにも知りたくないと悲鳴をあげている。
新たに知る事実に、逃げだしたくてたまらない気持ちでいっぱいになった。
なんで想いを伝えようなんて思ってしまったんだろう。
どうして……。
自分のことがものすごくみじめに思えて、情けなくてたまらない。
いても立ってもいられなくなって、気づくとわたしは彼らの前に飛びだしていた。
「あ、あのっ……！」
緊張から足がガクガク震えて、倒れそうになる。
でも、足に力を入れて必死に踏んばった。
よかった、手紙を読まれる前で。
それだけが救いだよ。
恥をかかなくて本当によかった。
だって、こんなのバカみたいじゃん。
フラれるだけじゃなくて、存在を知られてなかったんだもん。
みじめ……すぎるよ。

目の前には、学年でもかなり目立っている派手な男子のグループのメンバーたち。

高野君もその中のひとり。

みんなポカンとしてわたしを見ている。

イケメンぞろいで、先輩や後輩はもちろん、他校の女子からもすごく人気があるらしい。

チャラチャラして派手だから、杏子は嫌だって言ってたけど……。

わたしは、その中でもいちばん目立つ高野海斗くんが好きだった。

そう……大好きだった。

だからこそ、すごく苦しい。

胸がはりさけそうに痛い。

拳をギュッと握ると、力が強すぎたのか爪《つめ》が皮膚に食いこんで痛かった。

「す、鈴峰花梨ですっ……！」

そこにいた四人は、目をパチクリさせてわたしを食いいるように見つめる。

ううっ、視線が痛い。

「きゅ、急に出てきてごめんなさいっ！　実はその手紙……呪いの手紙で！　今、女子の間で流行ってて……！」

わたし……なにを言ってるの。

自分でもわけがわからない。

「二組の仲良しの子の靴箱に入れるつもりだったのに、まちがえちゃっただけだからっ！　だ、だからそのっ、それは……ラ、ラブレターとかじゃないのでっ！　安心してくださいっ！」

よくこんなウソがペラペラと口をついて出るもんだ。

ふだんは引っこみ思案《じあん》なくせに、そんな勇気があるならどうしてもっと話しかけたりしなかったんだろう。

どうして自分のことを知ってもらおうとしなかったんだろう。

きっとチャンスはたくさんあったはずなのに。

今さら後悔しても遅いのに、そんなことを思わずにはいられない。

だけど今はもう、とにかくなかったことにしたくて必死。

「か、返してくださいっ！」

高野君の前まで行くと、手にしていた手紙を強引に奪《うば》いとった。

「鈴峰……たしかに同じクラスだったような……それにしても。の、呪いの手紙……？」

ポツリと高野君がつぶやく。

無造作にセットされた茶髪と整った目鼻立ち。

背が高くて、見上げなきゃ顔が見えない。

悔しいけど、やっぱりすごくカッコよくてドキドキする。

「ご、ごめんなさいっ……！　読んでないから、まだ呪いにはかかってないはずです！」

なにを言ってるのか自分でもわからないくらい混乱していた。

もうやだ。

早く逃げだしたい。

絶対にヘンな奴だって思われてる。

「ぷっ、呪いの手紙って」

「今時、そんなことする奴が本当にいたんだ？」

口々にみんなが口を開く。

色とりどりの派手な頭髪。

オレンジや金色、茶色といった派手な髪色に、ゆるく締めた水色のネクタイ。ズボンを腰《こし》ではいて、靴はかかとを踏みつぶしてはき、学校指定じゃないフードつきのパーカーを着ている人もいる。爽やかにクール、王子様、理系。

ひとりひとりみんなそれぞれキャラクターは違うけどカッコよくて、モテそう。

そのメンバーの中には、唯一わたしの味方をしてくれたキヨ君もいた。

「本当にごめんなさいっ！　もう……忘れてください」

できるだけ平静を装って、ムリに笑顔を浮かべる。

こらえた涙があふれそうになって、唇《くちびる》がかすかに震えた。

こんなウソをついている自分が、情けなくて悔しくてみじめでたまらなかった。

そしてわたしは、突き刺さるような視線から逃げるように校門に向かって駆けだした。

好きになった理由は、目立っててカッコよかったから。

ただ、それだけ。

彼のことをなにも知らなかった。一瞬で好きになった。まぎれもなく一目惚れだった。

高野君のキラキラしたまぶしいオーラに、ただ惹かれたんだ。

一八〇センチの長身に、無造作にセットした髪。小顔でスタイルがよく、一見クールに見えるけど、気を許した人には甘えたりすることもある。何事にも興味をもって、人のことをバカにしたり、意地悪を言ったりしない。

それに、男友だちの前で見せる無邪気な笑顔がかわいくて。

高野君のことを知れば知るほど気になって、気がつくといつも目で追っていた。

見た目だけじゃなくて、さらに好きになったのは彼の性格。

明るく前向きで、ここぞという時にはクラスをまとめたり、学校行事を誰よりも楽しみにしてはしゃいだり。

みんな高野君の雰囲気に触発《しょくはつ》されて、体育祭や文化祭はクラスが一丸となって取りくむことができた。

無邪気で悪意のない笑顔が、クラスみんなの心をひとつにしたんだ。

いいところはまだある。

仲のいい友だちが他人の悪口を言っていても、高野君は絶対に一緒になって悪口を言うような人じゃなかった。

注意もしないけど、さり気なく話題を変えたり、おもしろおかしく自分の笑い話をはじめたり。

気づくといつの間にか悪口は消えていて、楽しそうな笑い声が響いている。

人によって態度を変えたりせず、誰にでもまっすぐに向きあう人。

高野君はいつも笑っていた。

モテているからといって、それを鼻にかけていないところも全部好き。

教室の片隅から見ていることしかできなかったけど、わたしの世界の中心はまちがいなく高野君だった。

バレてた気持ち

次の日の朝。

学校に来たわたしは、昨日のことを親友の杏子に報告した。

「ええっ!? で、呪いの手紙だってごまかしたの?」

杏子は色白でスラッとしたモデル体型。ナチュラルメイクだけど、もともと目が大きいからパッチリしている。長い前髪を左右でわけて耳にかけ、おでこが見えるヘアスタイル。後ろ髪は背中までのツヤツヤのロングストレート。

すごくモテるけど、今のところ彼氏はナシ。

なんでも、高校生の男子はみんなガキっぽいから嫌なんだとか。

杏子は年上の男性がタイプなんだと言っている、大人びたお姉さんタイプ。

杏子に比べると、わたしはいたって平凡。

髪は腰までの長さで、クセ毛のせいかゆるくパーマをかけているような感じ。もともと色素が薄いから、瞳《ひとみ》も髪の色もうすめの茶色。

背は低いし、スタイルだっていいわけじゃない。

杏子はそんなわたしをかわいいって言ってくれるけど、背が低いことにはかなりのコンプレックスを抱えてる。

もちろん、今まで告白されたこともなければ彼氏がいたこともなくて。

頭がいいわけでもない。ひとつくらいいいところがあってもいいのに、本当に平凡すぎて嫌になるほどだ。


「なんで呪いの手紙だなんて言ったのよ～！　バカッ！」

言いたいことをズバッと言う杏子の毒舌にはずいぶん慣れたけど、それでも胸になにかがグサッと突き刺さった。

「だ、だって……覚えられてなかったんだよ？」

誰だってへこむでしょ。

フラれる以前の問題じゃん？

「だとしてもさ～！　これから覚えてもらえばよかったんじゃないの？　ごまかすなんて、花梨の心がかわいそうだよ」

「だ、だって……」

周りに高野君のグループのメンバーもいたし、バレたくなかったんだもん。

『あいつ、名前も知られてなかったんだぜ。かわいそう』とか『かわいくないから、海斗には似合わねーし』とか。

そんなふうに思われたくなかったんだもん。

なによりも、周りの人に言いふらされたくなかった。

昨日のわたしは気持ちを伝えることよりも、プライドを守ることに必死だった。

バカみたいに体裁を気にしてた。

みじめな思いをしたくなくて、自分を守ることに必死になってしまっていたんだ。

バカだよね。

最初はフラれる覚悟をしていたっていうのに、いざそれを突きつけられると必死になって守ることを選ぶなんて。

「で、どうするの？」

杏子はため息交じりの声で呆《あき》れたようにわたしを見る。

「どうするのって言われても……もう、あきらめるしかないよ。大石さんにかなうはずもないし」

高野君とは二年生になってクラスも離れたし、これといって接点もなくなってしまった。

もともと住む世界が違ったんだ。

きっともう、この先関わることはないだろう。

昨日の一件でわたしは『ヘンな奴』って認識されちゃっただろうし。

「またそんな気弱になって。これからの行動次第で変わるかもしれないじゃん。なにもしないうちからあきらめるなって、いつも言ってるでしょ」

杏子なりに励ましてくれているんだってわかってる。

だけど、行動した結果がこれだよ？

まさか顔と名前を覚えられていなかったなんて、想像もしてなかったから。

さすがにそこまで強くない。

わたしは杏子みたいに強くなれない。

杏子みたいに美人だったら、少しは自信がもてたのかもしれないけど。

自分に自信がなさすぎて『どうせわたしはダメなんだ』って、嫌なことがあるたびにそう思いこんで生きてきた。

だから……覚えられてなくても仕方なかったんだよね。

昨日のことを思い出すと、不意に涙があふれてくる。

せっかく勇気を出して手紙を書いたのに、読んでもらうどころか……。

わたしの恋はあっけなく散ってしまった。

「杏子みたいにかわいくなりたい」

「花梨の場合、まず心から鍛《きた》えなおさないとね」

「ううっ。わかってる」

わたしだって、このネガティブすぎるところをどうにかしたいと思ってる。

だけど、どうやって？

メンタルを鍛えるってむずかしいよ。

ちょっとやそっとでへこたれない心の持ち主になりたいのに。

せめて、杏子みたいに前向きに考えることができたらなぁ。

「あ、おはよう〜！　呪いの手紙の子！」

教室の廊下側の窓からひょこっと顔を出したのは、キヨと呼ばれていた男子。

クリッとした大きな目と、愛嬌のあるかわいらしい笑顔。

茶髪のゆるふわパーマがよく目立つ、王子様系の男子。

人懐っこい笑顔が、すごく親しみやすさを感じる。

アイドルっぽいって評判で、高野君の次くらいに人気のある人。

「の、呪いの手紙の子……？」

なにその覚え方。

たしか、昨日味方してくれてたよね。

それなのに。

「昨日はすっげぇ印象深かったし」

「……っ」

最悪だよ、忘れてほしいのに。

どうせキヨ君だってバカだと思ってるんでしょ、わたしのこと。

「なんか言いたそうな顔してるね」

キラキラしたまぶしい笑顔をわたしに向けながら、キヨ君はうしろのドアから教室に入ってくる。

どうして朝からそんなにニコニコできるんだか。

「べつに……なにもないです」

「はは、そう？」

キヨ君は意味深に笑うと、自分の席に向かってスタスタ歩いていった。

たしか名前は……清野悠大《きよのゆうだい》って言うんだっけ？

何気なく背中を見ていると、キヨ君はわたしの前の席にカバンを置いた。
キ、キヨ君って……わたしの前の席だったんだ？
知らなかった。

どれだけ周りが見えてなかったんだろう。

わたしの席は窓際のいちばんうしろ。

カバンだけを置くと、キヨ君はなぜか杏子の席で話すわたしたちのもとにやってきた。

杏子はそれを見て嫌そうな顔をしている。

「花梨ちゃんとアンちゃん！」

「げっ！　なんであたしの名前まで知ってんのよ」

さらに嫌そうに杏子がつぶやく。

「アンちゃんは一年の時から美人って有名だし」

キヨ君はウインクしながらニコッと笑った。

母性本能をくすぐるかわいさって、キヨ君みたいな甘々王子様系男子のことをいうのかな。

まとっている雰囲気がゆるいせいか、ハムスターとかウサギみたいな小動物に見えなくもない。

弟にしたいキャラというか、癒し系でふわふわしてるイメージ。

そうかといって、なよなよしてるように見えないのは、背が高くて肩幅もがっしりしてて男の子らしいから。

わかりやすく言うと、見た目は王子様で、笑うとかわいい系のゆるふわ男子。

「さむっ。キモッ」

そんなキヨ君に毒舌を発揮する杏子。

この毒舌がなかったらもっと友だちができると思うのに、杏子にとってはそのほうが好都合なんだとか。

「キモッって、初めて言われたな～！　シビれる～！」

おもしろいところなんてひとつもなかったのに、キヨ君はひとりでケラケラ笑っている。

ひとりで楽しそうに笑うキヨ君に、クラス中の女子からの視線が集まる。

なんだか敵意を感じるのは、気のせいだろうか。

「あ、大石さんじゃん！　おはよう～！」

キヨ君は無邪気に笑いながら、教室に入ってきた大石さんに大きく手を振る。

誰にでもフレンドリーなところは、さすが高野君の友だちなだけはあるよね。

人懐っこくて、犬みたいだし。

キヨ君の愛嬌のある笑顔は、誰からも好かれそう。

だけど呪いの手紙のことは、頭の中から抹消《まっしょう》してください。

どうか忘れてください。

「キヨ君、おはよう～！」

透きとおるような大石さんの声が聞こえて顔を上げると、大きな目を細めて笑う彼女と視線が重なった。

――ドクッ。

小さく鼓動が跳ねて、胸の奥のほうに鋭い痛みが走る。

大石寧々《ねね》ちゃんは今年初めて同じクラスになったけど、わたしたちの学年で知らない人はいない。

杏子と同じくらいか、もしくはそれ以上の誰もが認める清楚系の美少女だから。

『アンちゃんと寧々ちゃんのふたりがそろってるなんて、一組の女子ってレベル高くね？』

『ほかにもかわいい女子が多いしな』

新学期初日、男子たちがうれしそうにそう言っているのを聞いてしまった。

そう、一組の女子はレベルが高いらしい。

もちろん、わたしはその中に入ってないんだけど。

オシャレでかわいい子が多いから納得できるし、なんだかオーラが違うというかキラキラしててまぶしい。

ここでも、類は友を呼ぶってよくいったものだとつくづく思う。

杏子以外のかわいくて目立つ女子たちは、すごく仲がよくていつも一緒にいる。

大石さんを中心にして、みんな楽しそうにキャッキャッと騒いでいて。

ひときわ目立つ彼女ら三人は、男子からも女子からも羨望《せんぼう》の眼差しを向けられている。

そう、誰もが憧れる存在なんだ。

しかし、杏子は『キャーキャー騒ぐのは好きじゃない』そうで。

『うるさすぎる』と、冷ややかな目で彼女たちを見ているんだけど。

爽やかにニコッと笑いながら、大石さんはわたしたちの前を通りすぎて席へと向かう。

軽く染めているのか淡い茶色のサラサラの髪と、ほんのりピンク色に染まる頬。

大石さんが来たことで、クラスの男子が急に浮き足立ちはじめたのがわかった。

「今日もすっげえかわいい」

「ヤベーよな」

ヒソヒソ声があちこちから聞こえても、大石さんは気に留めることなく悠然と席に着いた。

「相変わらず、美人を鼻にかけててやな感じじゃね」

杏子が険しい顔をしながら毒を吐く。

「そうかな？　堂々として、すごいと思うけど……」

「どこが？　前から気に食わないんだよね。私、モテるでしょオーラが満載で」

「そんなことないと思うけど……」

高野君が大石さんのことを好きになるのもわかる気がする。

机に肘《ひじ》をつきながら、杏子はさらに毒舌を発揮する。

「ううん、あれは絶対に裏があるよ」

「も～！　杏子ったら、人のことを疑うなんてよくないよ～！」

「花梨がバカなのよ。昨日だって呪いの手紙だなんてウソついて……んぐ」

「しーっ！」

なぜか矛先《ほこさき》がわたしに向いて、キヨ君に聞かれたくなくて杏子の口を手でふさいだ。

よけいなことを言わないでと目で合図する。

キヨ君にバレたらどうしてくれるの？

「呪いの手紙のこと、アンちゃんも知ってんの？」

キヨ君が不思議そうに目を丸める。

上目づかいがやけにかわいくてキュンとした。

「あはは一……！　そうそう！　うちらの間で流行ってんのっ！」

「ははっ。花梨ちゃんって、ウソがヘタだよな～！」

「え……？」

おもわずポカンとする。

ウソがヘタ？

もしかして。
バ、バレてる……？
いや、そんなはずはっ。

「っていうかさ〜、誰が見てもバレバレだから！　呪いの手紙じゃなくて、本当はラブレターだってこと」

「う、うそっ」

渾身《こんしん》の演技だったのに。

うまくごまかせたと思ったのに。

バレてたんだ？

わー、最悪だよ。

バクバクと鼓動が速くなっていく。

で、でもあれはホントはラブレターじゃなくて……。

呼びだし状？みたいな。

ま、呼びだす時点で好きだと言ってるようなもんなんだけど。

「今時、あんなんでだまされるヤツはいねーよ」

ガーンという効果音が頭の中で鳴りひびく。

クスッとかわいく笑われて、さらにショックが大きくなった。

ウ、ウソでしょ……。
「ぷはっ……もう！　花梨ったら」

すっかり力が抜けてしまったわたしの手を、杏子がタイミングよく押しのける。

わたし……バカだ。

キヨ君の言うとおりだよ。

よく考えたら、あんなんでだませるはずないよね。

少し考えれば誰でもわかることじゃん。

みじめなわたしの強がりだったってことは。

高野君も……わたしの強がりだって気づいたのかな。

「安心して。海斗はバカだから、花梨ちゃんの言葉を信じてたし」

サーッと青ざめていくわたしに気づいたのか、キヨ君が優しくフォローするように言ってくれた。

「ほ、本当？」

涙目になりながらキヨ君を見る。

昨日までは伝えるって意気ごんでたくせに、気持ちは一気に変わってしまった。

「うん。読まなくてよかった〜って、安心してたから」

クスクス笑いながらキヨ君が言う。

その顔は、わたしの反応を楽しんでいるように見えてちょっと憎らしかった。

だけど、なぜか嫌いにはなれない。

高野君に気づかれなくて、ホッとしているわたしがいた。

「そっか、よかった」

信じて、くれたんだ……？

「花梨ちゃん、俺らの会話聞いてたでしょ？　調子に乗って、勝手に見ちゃってごめん。だから呪いの手紙だなんてウソついたんだよな？」

申し訳なさそうに眉《まゆ》を下げながらあやまるキヨ君。

シュンとしちゃって、なんだかさみしげなウサギみたい。

それに、さっきからコロコロ変わる表情に目が離せない。

キヨ君が悪いわけじゃない。

あやまってほしいわけでもない。

ホントにショックだったのは……。

「高野君……わたしのことを覚えてくれてなかったから」

だから苦しかった。

虚《むな》しかった。

みじめだった。

悲しかった。

改めてそう口にすると、またジワッと涙があふれた。

胸が痛くてはりさけそうになる。

苦しくてツラいよ。

「あー、あいつバカだからさ……！　人の顔と名前覚えないんだよ。けど、なんとなく見たことあるって言ってたし、落ちこむ必要ないから。な？」

必死にフォローしてくれようとするけど、逆にそれはわたしの心を傷つけるだけだった。

それほどわたしは存在感がなかったってことだよね。

「一年も同じクラスだったのに、そんなことってある？　ふつう、話したことはなくても顔くらいは覚えてるでしょ」

わたしの代わりに杏子が口を開いた。

軽くうつむいたまま下唇をギュッと噛《か》みしめる。

そうだよ。

わたしだって一年の時のクラスメイトの名前は全員覚えてる。

その中には話したことのない人も何人かいるけど、記憶にはちゃんと残ってる。

それなのに、覚えられていないって……。

よっぽど印象が薄かったか、嫌われてたか。

「ほら、あいつ勉強できないしさ！　歴史上の人物とかも全然覚えないから」

「はぁ？　歴史上の人物とクラスメイトは全然違うでしょ、バカ」

「ぐっ……アンちゃんの毒舌が胸に突き刺さる〜！」

ダメージを受けたような顔で、おおげさに左胸を押さえるキヨ君。

やっぱり……キヨ君はなんだか憎めない。

愛嬌のある笑顔が、傷ついた心を少しだけ包みこんでくれた。

「もういいよ。高野君にとって、わたしはそれだけの存在だったってことだし」

気持ちを伝えようとしたこと自体、まちがっていたのかもしれない。

頭を打って現実が見えた。

むしろ、これでよかったんだよね。

自分で自分を納得させようと心の中でつぶやいた。

——キーンコーンカーンコーン。

「やば、じゃあ戻るね」

予鈴が鳴って、わたしは逃げるように自分の席に戻った。

これ以上話してると、どうしようもなく胸が苦しくて。

どうにかなってしまいそうだった。

なかったことにした想い

朝のHRが終わって英語の授業が始まる。
はぁ。
なんで同じクラスなんだろう。
昨日までまったく気にならなかったのに、斜め前に座る大石さんの背中に目がいく。
背筋をピンと伸ばして、うしろ姿まで綺麗だなんて反則だよ。
そりゃ、みんな惚れちゃうに決まってる。
高野君だって……惚れるよね。
ますます、わたしなんかじゃかなわないって思いしらされた。
圧倒的に目立つ大石さんとわたしじゃ、比べものにならない。
そりゃ、わたしのことを覚えてないわけだよ。
キヨ君の隣が大石さん。
授業中、大石さんの背中を盗みみていると、キヨ君が振り返って何度か目が合った。
わたしの気持ち……高野君に言ったりしないよね？

大丈夫、だよね……？

仲がいいから心配だけど、バラすなら昨日のうちにバラしてるよね？

キヨ君は唯一わたしの味方をしてくれてたし、言いふらしたりはしていないって信じたい。

今のところウワサにもなってないみたいだし、ほかの人も黙ってくれてるんだろうって勝手にそう解釈した。

だけど振り返るたびにクスッと笑われて、なんだか心配になる。

ホントに言ってないよね？

キヨ君の笑顔、なんだか危ういよ。

でも憎めないのは、キャラのせい？

「じゃあこの英文を訳してください、鈴峰さん」

英語の先生が自慢のメガネを指でクイッと上げながら、わたしの名前を呼ぶ。

えっ……？

わたし？

メガネの奥に見える鋭い眼光にドキッとさせられた。

「さっきからよそ見ばかりしてますね。先生の授業がそんなにつまらないのかしら？」

「いえ……そんなことは」

最悪だよ。

女子には厳しいって有名なこの先生。

目をつけられたら授業のたびに毎回ありえないほどむずかしい問題を解かされ、答えられないとみんなの前で思いっきり説教をされて恥をかかされる。

一年の時、同じクラスの子がターゲットになっていたのを思い出した。

まだ習っていない文法の問題を当てられ、当然のことながらわかるはずもなく黙りこむ。

「早く訳してください。時間がもったいないですよ」

そんなことを言われたって、習ってないんだからわからないよ。

ただでさえ、英語は苦手科目なのに。

「わからないんですか?」

黙りこむわたしに、先生はバカにしたように言う。

もう、素直にわからないって言ったほうがいいよね。

そのあとまたイヤミを言われるんだろうけど、わたしのせいで授業が進まないんじゃみんなに悪いから。

「前の席の清野君に見惚《みと》れてる場合じゃないでしょ? あなた、一年の時もそんなに成績がよくなかったんだから」

「え……」

それはそうだけど、なにもみんなの前で言わなくても。

それにキヨ君を見ていたわけじゃない。

違う、のに。

あちこちからクスクス笑いが起こって、カーッと頬が熱くなっていくのがわかる。

見て、ないのに。

違うのに。

そう言い返してやりたかったけど、笑いが起こる中でムキになってもよけいにおもしろがられるだけ。

よそ見して集中していなかったのは事実だから、悔しいけど素直にあやまるしかないのかもしれない。

……なんでわたしが。

悔しくて下唇を噛みしめる。

──クスッ。

近くからそんな笑い声がして、おそるおそる顔を上げた。

すると、さっきまで前を向いていた大石さんが、わたしを見て笑っていた。

――ドクン。

心臓が嫌な音を立てる。

大石さんの笑顔は、先生と同じようにわたしをバカにしているようなものだった。

気のせい、だよね？

あの大石さんが、そんな顔でわたしを見るなんて……。

みんなからの視線に恥ずかしいやら情けないやらで、さらに小さくなって縮こまる。

「先生～！　逆っすよ。俺が花梨ちゃんを見てたんです。だから、怒るなら俺にしてください」

え……？

クスクス聞こえる笑い声を、キヨ君の真剣な声がかきけした。

な、なんで……？

どうして、キヨ君が？

「な、なにを言うの、清野君。鈴峰さんをかばおうとしてもダメよ」

「いやいや、本当っすよ。俺、花梨ちゃんが好きなんで」

キヨ君の言葉に教室内にどよめきが起こる。

もう誰も笑ってはいなかった。

「え～、やだぁ。キヨ君って、鈴峰さんと付き合ってんの？」

「なんで鈴峰さんなわけ？」

「ありえなーい」

あちこちから聞こえる女子の悲痛な叫び。

ありえないのはわたしも同じだって。

「し、静かにしなさい」

キヨ君が……わたしを好き？

どこをどう見て？

いつ、好きになったの……？

昨日の今日で、とてもじゃないけど信じられない。

昨日まで存在を知られていなかったっていうのに。

「言っとくけど、冗談だからな」

目を見開いて口をパクパクさせていると、前からボソッとささやく声が聞こえた。

「え……？」

冗談……？

「助けるための、ただの口実。まさか、花梨ちゃんに本気にされるとは」

クスクス笑うキヨ君。

その笑顔は最高にかわいい。

なぜだかわからないけど、かなりドキッとした。

なんだ……そっか。

そうだよね。

冗談に決まってるよね。

キヨ君は先生からわたしを助けてくれたんだ。

——ホッ。

これで納得。

よかった、本気じゃなくて。

でも……ありがとう。

キヨ君のおかげで助かった。

「も、もういいです。鈴峰さんはもう一度復習しておくように。では、今日はここまでにします」

キヨ君のおかげで、わたしは先生にそれ以上怒られずにすんだ。

先生が教室を出ていくと、女子からの視線がたちまちわたしに向けられた。

みんなの目が『キヨ君には似合わない』って言っている。

そんなの……自分でもわかってるよ。

キヨ君はただ、助けてくれただけなんだから。

早く誤解をとかなきゃ。

「キヨ君って、鈴峰さんと付き合ってるの？」

キヨ君の前に座っている女子が振り返って、悲しそうな表情でキヨ君につめよる。

「つ、付き合ってないよ……！　さっきのは助けてくれただけだから」

大きな声を出したわたしに、みんなが注目する。

恥ずかしいけど、ちゃんと誤解をとかなきゃ申し訳ない。

「なーんだ。やっぱりそっか。ならよかった！」

「だよね～！　うちの学校の王子様に彼女がいるなんて、ありえないもん」

みんなが口々に声を上げる。

「さっきはありがとう」

そんななか、わたしは改めてキヨ君にお礼を言った。

キヨ君は、優しい人だね。

「いえいえ。昨日のおわび」

キヨ君は、頬をポリッとかきながら申し訳なさそうに目をふせた。

「おわび？」

「昨日、嫌な思いをさせちゃったから。それに振り返って見てたのは俺のほうだし、花梨ちゃんが怒られる理由はないじゃん」

昨日……。

手紙のこと、気にしてくれてたんだ？

そんなふうに見えなかったのに。

昨日のことはキヨ君が悪いわけじゃないから、気にする必要なんてないのに。

さっきのことはまぁ、キヨ君が振り返って見てたのは事実だからなんとも言えない。

だけど、助けてくれたことがうれしかった。

「昨日のことはなんとも思ってないよ。助けてくれてありがとう」

ニコッと笑いながらキヨ君を見つめる。

「花梨ちゃんって、笑うとすっごいかわいいんだな」

「えっ⁉」

笑うとかわいい……？

わたしが？

「いやいや！　ありえないよ！」

「いや、すっごいかわいいよ」

キヨ君がケラケラ笑った。

かわいいだなんて、男子に言われたのは初めてなんだけど。

かなりとまどって、どんな反応をすればいいのかわからない。

「その上、見かけによらずおもしろいしバカだし」

「バ、バカ？」

「うん」

かわいいの次は……バカですか？

上げて落とすなんて。

キヨ君って、飴《あめ》とムチを使い分けるタイプ？

だけど……。

悪い気はしなくて、キヨ君の笑顔に心がなごんだ。

キヨ君は話しやすくて、高野君と同じくすごくよく笑う。

ずっとニコニコしてるから、近寄りにくいイメージはまったくなくて。

人懐っこくて親しみやすいから、すぐに打ちとけることができた。

とはいっても、からかわれてばっかりなんだけどさ。

そして迎えた放課後。

わたしは肩にカバンをかけると、足早に教室のドアへと向かった。

「杏子バイバイ！」

「バイバイ。また明日ね」

「うん！　じゃあね」

ニコッと笑って手を振ってくれる杏子。
たまにしか見せてくれないけど、杏子の笑顔は本当に胸キュンもの。
教室を飛びだして廊下に出ると、生徒玄関まで一目散。
二組の靴箱の前まで来た時、昨日のことが頭の中に蘇って胸が痛んだ。
もう……忘れよう。
そのほうがいい。
しょせんかなわない恋なら、このままなかったことにしたほうが傷つかなくてすむ。
それに。
高野君は大石さんのことが好きなんだから。
「あっれ〜？　呪いの手紙の子！　鈴峰、だっけ？」
えっ⁉
うしろから大きな声がして、さらには名前を呼ばれてビクッとなった。
この声は……。
──ドキン。
「た、高野、君……！」
「よう」
ニヒヒッと笑いながら、高野君は立ち止まるわたしの前に回りこんだ。

襟足が伸びた茶髪の髪は無造作にセットされて、髪の隙間《すき》からのぞくピアスがよく似合っている。

まっすぐ綺麗な瞳を向けられて、顔に熱が帯びていく。

ダメ、ドキドキするな。

わたしの心臓。

高野君に反応しないで。

いつも一緒にいる友だちは見当たらなくて、今日はめずらしくひとりみたい。

それにしても、わたしの顔と名前……覚えてくれたんだ？

そんな些細《ささい》なことがうれしくて、気持ちが揺れる。

「昨日あのあとよく考えたらさ、思い出したんだよ。鈴峰のこと。隣の席になったことあるよな？」

「え？」

思い出してくれたの？

「あ、えっと、うん。一回だけ隣だったよ」

「やっぱりなー！　やたらちっこいから、こいつ黒板見えんのかなぁって気になってたんだよ」

「あ、はは。うん、大丈夫。ちゃんと見えてたよ」

「マジ？　ならよかった！」

高野君は、まぶしい笑顔をわたしに向ける。

どうしよう、うれしい。

話していることが信じられなくて、恥ずかしくて顔が真っ赤になる。

近くで見ると、こんなに背が高いんだ。

健康的なお肌《はだ》もすごく綺麗だし、なによりもオーラがまぶしい。

カッコ……いいよ。

「あの手紙、マジで俺宛てじゃなかった？」

——ドキン。

「あ……うん」

「よかったー！　呪いかけられたらどうしようかと思ったし。女子って、くだらないことが好きだよな」

「ご、ごめんね……」

自分でなかったことにしたというのに、なぜだか胸が苦しくて。

ぎゅっと握りしめていた手から、高野君へのあふれる想いが、砂のようにサラサラとこぼれおちていくようだった。

「じゃーな、鈴峰！　また明日！」

無邪気な笑顔を向けられて、鼓動が大きく飛びはねる。

わたしの心臓、さっきからすごく忙しい。

今度はドキドキ高鳴って破裂しちゃいそう。

「あ、バイバイ……」

キヨ君にだったらうまく笑えるのに、高野君を前にすると緊張しちゃって全然ダメ。

うまくしゃべれない。

小さな声しか出なくて、駆けだしていった高野君の耳にわたしの声が届いたかはわからなかった。

step * 2

意外な本音

お昼休みの教室。

隣のクラスから高野君が突然やってきたと思ったら、大石さんの前のあいていた席に座った。わたしを含むクラスの女子たちの視線は自然と高野君と大石さんのほうへ。

みんな気になっているようで様子をうかがいながらちらちらと見ている。

「高野君って、本当に彼女いないの〜？　モテそうなのに」

「いるわけねーし、モテないよ」

「えー、ウソだー」

わたしは杏子とお弁当を広げながら、ふたりの会話に耳をすませる。

「ウソじゃないって！　俺、意外と一途だし」

「なーんか、ノリがチャラいし軽いよね〜」

「え？　どこが？　ショックなんだけど」

さっきから何度も続くこのやりとりに、胸が痛くてどうしようもない。

さらには食欲もなくなってきて、わたしは食べかけのお弁当箱のフタをそっと閉じた。

杏子はすでに食べおわっていて、机に頬づえをつきながら冷ややかな目でやりとりを見つめている。

「高野、わかりやすすぎ。大石さんも、まんざらじゃないって感じだね」

「……うん」

知らなかった。

好きな子には、こんなに積極的になるんだ。

ニコニコ笑ったり、時には照れくさそうにはにかんだり、頬を赤らめたりする高野君。

誰がどう見ても、大石さんを狙ってるってバレバレ。

一年生の時から片想いしてるんだもんね……。

杏子の言うとおり、高野君ってすごくわかりやすい。

それだけ大石さんに夢中ってことなんだ。

いい雰囲気だし、ふたりはこのまま付き合っちゃうのかな?

ううん、すでにもう付き合ってたりするのかも。

そうじゃないとしても、これじゃ時間の問題だ。

そんなことを思うと、胸が苦しくてはりさけそうになる。

「あいつ、わかりやすいだろ？」

前に座るキヨ君が振り返ってわたしに言う。

あれから、なにかと絡むことが多くなって時々こうやって話しかけられる。

わたしが高野君を好きだって知ってるくせに、キヨ君にはデリカシーってものがないのかな。

ふつう、気をつかってふれないようにするんじゃないの？

まぁ、そんな気づかいができないのがキヨ君らしいけど。

キヨ君のかわいい笑顔を見ているといつもは心がなごむのに、なんだか今はすごく憎らしく思えた。

一年生の時は大石さんとクラスが違ったからわからなかったけど、もしかするとこんなふうに仲がよかったのかもしれない。

ただ、わたしが知らなかっただけなんだね。

そう考えると、高野君のことをなにも知らないんだなって改めて思わされて。

よけいに胸が苦しかった。

「そういえばさ！　遊園地のチケットがちょうど四枚あって。寧々ちゃん、好きって言ってたよな？　一緒に行かない？」

――ズキン。

胸が激しく締めつけられる。
こんな会話、聞きたくなかった。
大好きだった高野君の笑顔が胸に突き刺さる。
高野君の気持ちなんて、知りたくなかったよ。
そしたら、こんなに傷つかなくてすんだのに。
「遊園地かー。キヨ君と鈴峰さんも一緒ならいいよ」
「「え？」」
わたしとキヨ君の声が重なった。
そして、おもわずパッと大石さんの顔を見る。
聞きまちがいかと思ったけど、にっこり笑う大石さんと目が合った。
聞きまちがいじゃ……ないの？
「ふたりが一緒なら、行ってもいいよ」
え⁉
なんでわたし？
大石さんはかわいらしく微笑んでいたけど、目は笑ってなくてなんとなく怖い。
どうしてわたしなのか、いくら考えてみてもわからなかった。
だけど高野君はというと、わかりやすいくらいうれしそうな顔をしていて。

わたしとキヨ君に向かって、両手を顔の前で合わせながら必死にお願いのポーズをしている。

「俺はべつにいいけど……花梨ちゃんは？」

キヨ君がわたしに視線を向ける。

意外にも、キヨ君の目は真剣だった。

そんなことを言われたって……わたしは。

教室にいる時だってツラいのに、休みの日に出かけてまでふたりが仲良くしてるところを見なきゃなんないなんて嫌に決まってる。

だけど……。

『お、ね、が、い』

高野君が口パクでわたしにそう言い、懇願《こんがん》するように手を合わせて拝《おが》んでくるもんだから。

「……べつに、いいよ」

気持ちとは裏腹に、口からは逆の言葉が出ていた。

「バカ」

杏子がボソッとつぶやいてため息をつく。

はい、そのとおり。

自分でも本当にそう思う。
「じゃあ決まりね！　来週の土曜日でいい？　今週は用事があって」
キャッキャッと笑いながら言う大石さんに、わたしはしぶしぶうなずいた。
高野君のうれしそうな顔が目に映って胸が痛い。
なんで協力なんて……ありえないよ。
バカすぎるよね。
だけど、あんなに必死にお願いされたら断れなかった。
惚れた者の弱みってやつ？
「あ！　寧々ちゃんのアドレス教えて。待ちあわせ場所とか連絡するし」
「うん、いいよ」
高野君と大石さんは、お互いスマホを出して連絡先を交換しはじめた。
それを見ていることしかできないわたしは、本当に大バカ野郎だ。
ああ、どうしてこんなことになってしまったんだろう……。
情けなさすぎて、言葉も出ない。
杏子にもさんざんため息をつかれてしまった。
高野君のことが好きなのに、高野君の恋を手助けしちゃうなんて。
最後に泣くのはわたしなのに、高野君にお願いされてあんな顔で見られたら嫌とは言えなかった。
ホント、バカだよ。
——チクッ。
胸が痛い。
そんなにうれしそうにしちゃって。
よっぽど大石さんのことが好きなんだね。
わたしのことを、高野君が知らなくて当たり前だ。
高野君の目には、大石さんしか映ってなかった。
あーあ。
その一途さがわたしに向けられたら、どれだけよかったかな。
高野君の目に少しでも映りたい。
なんて、贅沢かな……？
贅沢だよね。
目立たないわたしなんて、最初から眼中になくて当然だよ。
すべてが卑屈《ひくつ》にしか考えられないわたしは、相当病んでる。
「大丈夫？　嫌ならムリしなくていいし、俺がうまく断っとくけど」
心配そうに顔をのぞきこんでくるキヨ君。

そんな顔をさせてしまっていることが申し訳ない。

「ううん、大丈夫だよ……！　行くって言っちゃったし」

「そう？　じゃあ、一応花梨ちゃんのアドレス教えて」

「あ……うん」

ブレザーのポケットからスマホを出したキヨ君。

わたしは机の横にかけたカバンの中からスマホを取りだしキヨ君に向けた。

「QRコード読みとれる？」

「うん」

そう言われて、アプリを起動する。

うつむきながらスマホを操作するキヨ君の顔が、すぐ近くにあった。

男の子なのに、まつ毛も長いし、肌も透きとおるように綺麗でスベスベ。

『ん？』って首をかしげたり、お腹を抱えて笑う姿とか……とにかくすべてにおいてかわいいんだけど。

時々カッコよくも見えて、王子様に見えることもあり、そのギャップにドキッとさせられる。

「花梨ちゃんから、甘くていい匂いがする」

さらに顔を近づけてきたキヨ君に、わたしはおもわずのけぞる。

キヨ君のふわっとした髪が頬に当たって、ドキッとしてしまった。

なんで……キヨ君なんかに。

「し、しないよ。ヘンなこと言わないで」

恥ずかしさから、ついツンケンした言い方になる。

「うまく読み取れた？」

キヨ君が突然顔を上げてわたしを見た。

パッチリした大きなまん丸の黒目の中に、さえないわたしの顔が映る。

「花梨ちゃん？」

「え？　あ、ごめん！　読みとれたよ……！」

不思議そうに首をかしげるキヨ君に、とっさに愛想笑いを浮かべた。

「ならよかった。メッセージに番号打って送ってくれると助かるよ」

「うん」

あー。

これが高野君のアドレスだったらよかったのにな。

なんてキヨ君に失礼だよね。

でも……大石さんがうらやましい。

あれほど高野君に好かれてるんだもん。

ふたりはやっぱり、このまま付き合っちゃうのかなぁ……。

嫌だな。

「当日、ツラかったら言えよ？　隙をみてバックレよ」

「……うん、ありがとう」

キヨ君はどうしてこんなに優しいんだろう。

高野君の友だちだし、大石さんとうまくいけばいいって思ってるのかな？

そりゃそうだ。

友だちの幸せを願うのは当たり前だもんね。

そのあとの授業はまったく頭に入らなくて、高野君のことばかり考えていた。


あっという間に時間はすぎて、デート当日がやってきた。

ポカポカ陽気が気持ちいい、見事な快晴の空が広がって空気が澄んだ清々《すがすが》しい朝。

だけど、気が重いし緊張もしてる。

ど、どうしよう……。

心臓がバクバクする。

昨日はなんだか、緊張しすぎてあんまり眠れなかった。

休日に男子と出かけるなんて初めてのことに、嫌だという気持ちよりも緊張感のほうが勝っている。

胸に広がるモヤモヤした気持ちがもどかしい。

待ちあわせ場所の駅の改札の前で、わたしは落ちつかず意味もなくウロウロしていた。

待ちあわせの時間は九時。

だけど、三十分以上も早めに着いてしまった。

家にいても落ちつかないから、先に行ってみんなをお迎えしようと思って早めに出たのはいいものの……。

いざ待ちあわせ場所に着くと、さらに緊張しすぎて落ちつかなかった。

まだ三十分もあるのに、ドキドキしすぎて心臓がはちきれそう。

今ここに高野君が来たら、わたしの心臓はいったいどうなっちゃうんだろう。

駅の中にあるパン屋さんから、焼きたてのいい匂いが漂ってきた。

改札の前からそっとパン屋さんをのぞこうとした時。

「花梨ちゃん」

背後からわたしの名前を呼ぶ声が聞こえた。

ゆっくり振り返ると、優しい眼差しでわたしを見ているキヨ君の姿。

ふわふわパーマの髪が風に揺れ、シルバーのピアスが見える。

薄手の赤のチェックのシャツと、ベージュのズボンをオシャレに着こなすキヨ君は、やっぱりその辺のアイドルなんかよりもずっと綺麗な顔をしていた。

スタイルもよくて背も高いから、周りの目を引く。

きっと、赤のチェックのシャツがこんなに似合う人はキヨ君くらいだ。

わたしも精いっぱいオシャレしたつもりだけど、生まれもった体格やスタイルはどうがんばっても変えられないから……。

なんだか、隣に並ぶのが恥ずかしかった。

「おはよう。早いね！」

「花梨ちゃんこそ」

クスッと笑われて、女の子みたいな笑顔なのになぜかドキッとさせられる。

「なんだか落ちつかなくて」

「だと思った。だから俺も、ちょっと早めに来たんだ。花梨ちゃん、いそうな気がしたから」

えっ？

わたしのために？

キヨ君の笑顔を見ていると、心なしか少し落ちついたような気がした。

いるかもわからないわたしのために、わざわざ早く来てくれたなんて。

でも……もしわたしがいなかったら、三十分も待ちぼうけだよ？

メッセージを送ってくれればよかったのに、キヨ君からはなんの連絡も来ていない。

「ありがとう。キヨ君と付き合う女の子は幸せだね」

だって、こんなに優しいんだもん。

それも押しつけるような優しさじゃなくて、さりげない優しさ。

それができる人って、なかなかいないと思う。

「じゃあ花梨ちゃん、俺と付き合ってみる？」

「ええっ⁉」

ビックリしておもわず目を見開くと、キヨ君はイタズラッ子のような笑みを浮かべた。

「ははっ、冗談だって！　またそうやってすぐ本気にして……花梨ちゃんって、詐欺とかにあいやすそう」

うっ。

たしかにそのとおりなんだけどね。

いつか誰かにダマされそうって、杏子にもさんざん言われるし。

もう少し疑ってかかったほうがいいのかな。

「けど俺、全然モテないよ？」

「えー？　うそだ」

いくらなんでも、そこはダマされないんだからね。

学校の王子様がモテないはずがない。

「本当だって」

キヨ君は、なぜか少し悲しげに笑った。

「そんなことないと思うけどね」

かわいくて人気者だし、スタイルだっていいし、顔だって整ってるし、カッコいいし、劣《おと》っているとこなんてひとつもないんだから。

キヨ君に憧れてる女の子がたくさんいることを、わたしは知っている。

「昔から俺、みんなに憧れられる存在みたいでさ……」

なぜかキヨ君は、いきなりそんなことを話しだした。

「手の届かないアイドル？みたいな感じかな。中学の頃はファンクラブとかもあって、俺に手を出すなっていうのが暗黙のルールだったらしい」

ポツリポツリと話すキヨ君の声に耳をかたむける。

さっきまでイタズラッ子のような表情だったのがうそみたいに、切なげに瞳を揺らすキヨ君。

「コソコソつけまわされて写真撮られたり、家までついてこられたり……毎日ファンレターまがいの手紙ももらってたし。廊下を歩くたびにキャーキャー言われて、正直毎日気が重かった」

へ、へー。

そうなんだ。

人気がありすぎるっていうのも、ツラいもんなんだね。

「みんな俺を勝手に理想の王子様に仕立てあげてさ……誰にでも優しくて、絶対に怒ったりしない笑顔が素敵な王子様だって言われつづけてきた。俺だって人間なのに、ありえないいっつーの」

過去を振り返っているキヨ君の顔はすごく苦しげで、その表情に胸が締めつけられる。

人気者だと思ってたキヨ君にも、ツラい過去があったなんて。

「男なのに女みたいなこの顔にもコンプレックスありまくりだし、みんな俺の表面しか見てないんだよ。ちょっと冷たく言ったらすぐ泣くし、理想抱きすぎ」

知らなかった。

完璧だと思っていたキヨ君にも、コンプレックスがあったなんて。

「王子様キャラなんて、まっぴらだね。勝手に創りあげんなってムカついた。俺はおまえらのために存在してんじゃねーんだよ！って何回思ったことか」

アイドルよりカッコいいアイドルみたいな男の子だから、理想を重ねちゃうのはわからないでもない。

キヨ君はそれだけの素質をもってるから。

「憧れとモテるのは全然違うし、俺、実は告白されたことってないよ？　一度冷たくしたら『そんな対応、王子様じゃない！』って泣きながら言われて。あれはさすがの俺も傷ついたなー。俺に理想を求められても困るし」

「……そっかぁ。キヨ君にもいろいろ悩みがあるんだね。でも、わたしはキヨ君の中身を知ってるから」

本当は優しい人なんだって知ってる。

理想を追いもとめるだけじゃなくて、中身を見てくれる女の子はきっといるはず。

さみしそうな顔を見ていると、なんだかわたしまで苦しくて。

そんな顔をしないでほしい。

「俺の中身なんてたいしたことないよ」

「そんなことないよ。キヨ君は、わたしを助けてくれたじゃん。すごくうれしかったんだよ？　そういう優しいところを見てくれる子は、この先、絶対いるから」

だから、そんな顔をしないでよ。

気がつくとキヨ君の手を無意識にギュッと握って励ましているわたしがいた。

少なくとも、わたしは本当のキヨ君を知っている。

「わたしは……そんなキヨ君が好きだよ」

お願いだから、そんな顔をしないで。

さらに手をきつくギューッと握って、キヨ君の顔を見上げる。

大きな瞳がまっすぐにわたしをとらえた。

——ドキン。

目が合った瞬間、なぜか大きく心臓が飛びはねる。

「あ……好きっていうのは、友だちとしてってことね」

急に恥ずかしくなって、聞かれてもいないのに言い訳をしてしまった。

「ぷっ。わかってるって」

ふわっと笑いながら、キヨ君はわたしの手をギュッと握り返してきた。

思ったよりも大きくてゴツゴツしている手に、改めて男の子なんだと思わされる。

「花梨ちゃんって、おとなしそうに見えて意外と大胆なんだな。俺、ドキッとしちゃったし」

頬を赤らめながら、恥ずかしそうにはにかむキヨ君。

「え……？　あ！　ご、ごめんっ。なんだか、ついとっさに」

そう言われて手を離そうとしたけど、キヨ君にギュッと握られていたせいで解けなかった。

キヨ君はイタズラッ子のように笑っていて、からかうようにわたしを見ている。

「花梨ちゃんの手、小さくてかわいい」

「えっ……？」

か、かわいい……？

そんなことを言われちゃったら、わたしまで恥ずかしくなっちゃうよ。

キヨ君は女心をよくわかってると思う。

「ダ、ダメだよ。思ってもないのに、そんなこと言っちゃ……」

ドキドキして落ちつかない。

相手は高野君じゃなくて、キヨ君なのに。

「俺、思ったことしか言わないから。それと、花梨ちゃんが励ましてくれてうれしかった。ありがとう」

クシャッと顔を崩して笑ったキヨ君からは、さっきまでのツラそうな顔は消えていた。

とりあえずよかったとホッと息をつく。

なにもなさそうに見えても、みんなキヨ君のように悩んでいたりするのかな。

高野君も……わたしが知らないだけで本当はいろいろあるのかも。

もしかすると、悩みがない人のほうが少ないのかもしれない。

「俺のことを優しいって言ったけどさ、花梨ちゃんのほうが十分優しいよ」

「え？　わたし？　そんなことないよ」

「いやいや、今まで素で『優しい』なんて言われたの初めてだし。海斗とかには、腹黒王子って呼ばれてるんだよね」

は、腹黒王子？

からかうように笑うキヨ君の顔が頭に浮かんで、妙に納得してしまった。

意外と当たってる？

「それにさ、今までこんなふうにふつうに接してくれた女の子は初めてだから」

はにかむキヨ君。

「わたしも男の子の友だちってキヨ君が初めてかも！　今まで男子と関わることってなかったし」

今でも高野君や慣れていない人の前では、緊張しちゃってうまく話せない。

男子の中でこんなに心穏やかに話せるのは、キヨ君が初めてかもしれない。

「マジ？　俺ら、なにかと気が合うかもな」

なんて言ってキヨ君がうれしそうに笑うから、わたしも笑顔になって大きくうなずく。

「花梨ちゃんのその笑顔……ヤベー」

「え？」

とたんにうつむいてしまったキヨ君の顔は、心なしか赤いようにも見えて。

言葉の意味がわからなかったわたしは、キョトンとしてしまう。

「俺、このままだとヤバいかも」

ん？

ヤバいって……なにが？

よくわからなかったけど、キヨ君はわしゃわしゃ髪をかきまわすだけでそれ以上は教えてくれなかった。

まぁ、でもいっか。

キヨ君は初めてできた男友だち。

なんだか、それがすごくうれしかった。

そうこうしているうちに、あっという間に待ちあわせの時間になった。

キヨ君とたわいない話をしていると、楽しそうに会話しながら歩いてくるふたりの姿が遠くに見えて胸がチクッと痛む。

「おまえら早くね？　とくにキヨ！　俺との待ちあわせの時は、いっつも寝坊して遅れるくせに」

高野君がふてくされながらキヨ君を見る。

そんな顔もカッコよくてドキッとした。

「今日はたまたま早く目が覚めたんだよ」

そんな高野君に動じることなく、涼しげに返すキヨ君。

「鈴峰さん、おはよう」

「あ、お、おはよう」

大石さんがわたしにニコッと微笑んでくれたから、わたしもあわてて笑顔を浮かべる。

だけどやっぱり、大石さんの笑顔は怖かった。

花柄の膝上丈《ひざうえたけ》のワンピースにヒールのサンダルを履《は》いた大石さんは、学校の時よりもすごく綺麗でかわいくて。

おまけにスラッとしててスタイルもいいし、ほっそりした腕《うで》と足は透きとおるように真っ白。

高野君の服装もすごくオシャレで、ふたりが並ぶとまさに絵に描いたような理想のカップルだった。

キヨ君もオシャレだし、なんだかわたしだけ場違いすぎて恥ずかしい。

わたし……本当にここにいてもいいの？

正直大石さんとそこまで仲がいいわけじゃないのに、なんで誘われたのかいまだに疑問だし。

「花梨ちゃん、行こ」

「え？　あ……うん」

顔を上げると、ニコッと微笑むキヨ君と目が合った。

さらに視界の端に高野君の顔が映って、ありえないほど鼓動が速くなる。

「鈴峰、おはよ」

「あ……うん」

緊張しすぎて、そう返事をするのがいっぱいいっぱい。

一瞬で顔が真っ赤に染まる。

切符を買って改札をくぐり、ホームに続く階段を上がる。

高野君と大石さんのうしろを、わたしとキヨ君が並んで歩いていた。

大石さんに歩くペースを合わせながら、時々『大丈夫?』とかがんで顔をのぞきこむ高野君。

うしろから見ていると、いろいろと気をつかっているんだなってわかって胸が痛んだ。

その気づかいも笑顔も全部、大石さんにだけ向けられる特別なもの。

高野君が大石さんに優しく笑いかけるたびに、胸の中にモヤモヤした気持ちが広がっていく。

やっぱり……ツラい。

こんな気持ちのまま一日もちそうにないよ。

おまけに電車の中は混雑していて、四人で固まって立っていられるスペースはなかった。

そこまで背が高くないわたしは、人の波にのまれてギュウギュウ押しつぶされる。

土曜日だというのに、朝が早いせいか周りにはスーツを着たサラリーマンが多かった。

「花梨ちゃん、大丈夫？」

キヨ君が心配そうにわたしの顔をのぞきこむ。

「う、うん。なんとか」

今のところつぶれずにすんでる。

だけど、息苦しいよ。

人に酔いそう。

「こっちにおいで」

キヨ君がわたしを気づかって、ドアのところに立たせてくれた。

そしてドアの横に手をついて、人混みから遮断するようにわたしを閉じこめる。

血管が浮きでた男らしくてしなやかな腕と、目の前に見える出っぱった喉仏《のどぼとけ》。

シャツの隙間からのぞく首筋《くびすじ》から鎖骨《さこつ》のラインがあまりにも綺麗で。
ド、ドキドキしすぎて落ちつかないよ。
さらには、電車がカーブを曲がって揺れるたびにキヨ君の身体がわたしの身体にふれて。

キヨ君は何回も『ごめん』って申し訳なさそうにあやまってくれたけど、わたしはフルフルと小さく首を横に振ることしかできなかった。

これって……壁ドンってやつだよね。

満員電車の中では仕方ないのかもしれないけど、なにもないところでこんなことをされたら恥ずかしくて倒れちゃいそう。

ううん、今もすでに倒れそうなんだけど。

目的の駅に着くまでの間、視線をどこにやればいいのかわからなくて。

規則正しく上下に動く、男らしいキヨ君の出っぱった喉仏を見つめていた。

「疲れた？　大丈夫？」

電車を降りたあと、キヨ君が心配そうにわたしに聞いてきた。

「ううん、キヨ君が盾《たて》になってくれたから大丈夫だよ。ありがとう」

「そっか。よかった」

きっとキヨ君のほうが疲れたはずなのに、そんなふうに聞いてくれるその優しさがうれしかった。

駅から遊園地まではバスで十分ほどの距離だった。

休日で快晴ということもあり、バスの中も遊園地に行くカップルや家族連れで混雑している。

空いた席はなく、吊り革に手が届かないわたしをキヨ君がさり気なく手すりがあるところに立たせてくれた。

わたしの隣にキヨ君がいて、その隣が大石さん。
そして、次に高野君と横一列に並んで立つ。
いいなぁ。
背が高いから吊り革に手が届いて。
わたしは背伸びしなきゃ届かないけど、大石さんは余裕で届いてる。
目線の高さも、ヒールを履いてるから高野君とほとんど同じ。
ちんちくりんのわたしは、見上げないと顔が見えないっていうのにね。
気がつくと、ちらちら高野君を見てしまっているわたし。
やっぱりカッコいいな。
キリッとした横顔に見惚れてしまう。
端と端だから遠いけど、視界のすみっこにちらちら映ってるから意識しちゃう。
そのせいかさっきから何度か目が合って、パッとそらす動作を繰り返していた。
わー、絶対ヘンに思われてるよ。
恥ずかしい。
「ずっと思ってたけど、花梨ちゃんってちっこくてかわいいよな」
キヨ君がニッと笑ってわたしを見下ろす。
憎たらしい笑顔だけど、やっぱりなんだか憎めない。

昔のことを打ちあけてくれたから、なぜだか勝手に親近感がわいていた。

「か、かわいくないよ！　これでも気にしてるのに～！　もっと身長ほしい」

「俺は、花梨ちゃんぐらいちっこい子が好きだけど」

え？

ドキッとしたけど、キヨ君は優しいから気をつかってそう言ってくれてるのかも。

でも、さっきは思ってないことは言わないって……。

今までほめられたこともなければ、歯の浮くようなセリフを言われたこともないから少しのことでドキッとしちゃう。

相手が人気者のキヨ君だとよけいに。

恥ずかしくなってうつむくと、隣からぷっと噴きだすキヨ君の声が聞こえた。

「かわいいよ、花梨ちゃんは。そうやって、すぐ赤くなったりするところも」

「も、も～！　からかわないでよ～！」

さっきからかわいいかわいいって。

言われなれてないんだってば。

胸の奥がムズがゆくてヘンな感じ。

キヨ君はわたしの反応を見て楽しんでるんだ。

「からかってないし。全部本音だって言ったじゃん」

「………」

ううっ。

さっきまで笑ってたくせに、急に真剣な顔をするなんて反則だよ。

どういうふうに返せばいいのかわからなくてとまどう。

顔が真っ赤になっているのがわかった。

ヘンだよ、わたし。

高野君のことが好きなのに、キヨ君に対してこんなに赤くなるなんて。

っていうか……キヨ君は罪だと思う。

こんなふうに言われちゃったら、意識しなくても真っ赤になっちゃうよ。

「ラブラブだね、おふたりさん」

やりとりを聞いていたのか、大石さんがわたしたちを見てクスッと笑った。

大石さんの声につられて、高野君もわたしたちを見ている。
ラ、ラブラブ⁉
わたしがキヨ君と？

どこをどう見て？

「だなっ。よく見るとお似合いだし」

えっ……？

――ズキッ。

お似合い……。

そんなこと、高野君にだけは言われたくなかった。

胸が苦しくて、はりさけそう。

ヤバい、なんか苦しいよ。

悲しくなってうつむくと、不意に頭に優しい衝撃が走った。

見上げると、キヨ君の腕がわたしに向かってまっすぐに伸びていて。

手のひらで優しく頭をポンポンされた。

その温もりがあまりにも優しくて、傷ついたわたしの心を包みこんでくれているようだった。

励まして……くれてるんだよね？

「ありがとう……」

キヨ君の優しい心づかいが胸に響いた。

やっぱり優しいよ、キヨ君は。

だってさっきまで胸が苦しかったのに、少しだけ軽くなったんだもん。

「やっぱり断ればよかったな。花梨ちゃん、すごいツラそう」

そう言って、悲しげに笑うキヨ君。

そんな顔をさせているのは、まぎれもなくわたしだ。

ごめんね。

キヨ君のこんな顔を見たくないから、傷ついたような顔をしてちゃダメだ。

心配させないように、笑顔でいなきゃいけない。

「わたしは大丈夫だから。せっかくだし、今日は楽しもうよ」

バスを降りる途中、わたしはキヨ君に笑ってみせた。

これ以上、キヨ君に迷惑はかけたくない。

「ムリしなくていいから」

「ムリなんかしてないよ？」

キヨ君のおかげでね、すごく楽になったから。

だから、もう大丈夫なの。

「そっか。花梨ちゃんって、絶叫系好きなほう？」

「うん！　めちゃくちゃ好きだよ」

「マジ？　俺もだよ」

「本当？　じゃあいっぱい乗ろうね」

わたしはキヨ君と顔を見合わせて笑った。

キヨ君と話してると、ツラいことや悲しいことがスーッと消えていく。

なんでかな。

わからないけど、落ちつくんだ。

高野君からチケットをもらって、入場ゲートをくぐった。

外もそうだけど、園内も大混雑。

電光掲示板を見れば人気のアトラクションは二時間待ちで、どれも行列ができているようだった。

「どれから攻める?」

高野君が子どもみたいに目を輝かせながら、生き生きとした表情を浮かべる。

それを見て、わたしまでテンションが上がった。

せっかく来たんだから楽しもう。

落ちこんでても、もったいないだけだもんね。

「あたし絶叫系苦手だから、それ以外でお願い」

大石さんが申し訳なさそうに言う。

そっか。

苦手なんだ。

じゃあ、乗れないな。

せっかくだけど、仕方ないよね。

高野君はどうなんだろう？

「海斗も苦手だろ？　俺と花梨ちゃんは好きだから、しばらくふたりで回るよ。じゃあな」

キヨ君はわたしの手を握ると、高野君と大石さんの返事も聞かずに奥へ奥へと突きすすむ。

「キ、キヨ君……！」

手、手が……！

慣れてないから恥ずかしくて、ドキドキしちゃう。

さっきは大胆にも自分から握ったりしたけど、無意識だったし。

「え？　あ、ごめん」

ふたりに見えないところまで来ると、キヨ君はあわててわたしの手を離した。

キヨ君の顔が赤い気がするけど、きっと気のせいだ。

「ううん」

「花梨ちゃんの応援してあげたいんだけど。ごめん、できそうにない」

「い、いいよ。キヨ君は高野君と友だちなんだから、そっちを応援してあげなきゃ！」

「いや……そうじゃなくて」

え？

そうじゃない？

どういうこと？

わからなくて首をかしげる。

「まぁ、いいや。とりあえず、俺は花梨ちゃんの応援はできないからそのつもりで」

「え？　あ、うん……」

「よし。じゃあ行こっ！」

よくわからなかったけど、そのあとキヨ君はいつものように笑ったから、とくに深い意味はないんだと思った。

高野君と大石さんのことが気にならないと言えばウソになる。

だけど、一緒に回ることにならなくてよかった。

ふたりが仲良くするところを近くで見るのは、想像以上にツラくて耐えられないから。

ここに来るまでの間も、かなりツラかったし。

一日もちそうにない。

キヨ君は高野君のためにふたりにしてあげたんだろうけど、それはわたしにとっても好都合だった。

「どれから行く？」

「うーん。迷うな～！」

いちばん人気のジェットコースターは、ただいま二時間待ち。

そのほかは三十分とか一時間とか、並ぶにしてはそれほどツラくない待ち時間。

がんばって最初に並んで乗って、あとからほかのアトラクションに回るか……。

それとも、最初にほかを攻めて最後に乗るか。

ただ最後に回してしまったら、人が増えて待ち時間が今以上に長くなるかもしれないっていうのが悩みどころ。

うむむむむ。

どうしよう。

こういう時、スパッと決められないんだよね。

今まで周りがスパッと決めてくれる人たちばっかりだったから、それに合わせてた。

「体力のある最初のうちに乗ろっか」

悩みつづけるわたしに、キヨ君が優しく笑う。

「うん！」

わたしは大きくうなずいた。

今日は思いっきり楽しむって決めたんだから、よけいなことは考えちゃダメ。

わたしは自分にそう言いきかせて、並んでいる間キヨ君とたくさん話した。

だけど、やっぱり頭のどこかにふたりのことがあって集中できない。

キヨ君と話して覚えていたことは、偶然にも好きなバンドが同じだったってことだけ。

「インディーズ時代のCDいっぱい持ってるから、今度借そうか？」

「本当？　インディーズ時代って、すっごいレアだよね」

「うん、かなりな」

「だよね！　うわー、ありがとう」

ニコッと笑うとキヨ君も優しく笑ってくれた。

今頃、高野君たちはどんな話をしてるんだろう。

盛りあがってるのかな……？

そう思うと、胸の奥がズキンと痛んだ。

二時間なんて、すぎてしまうとあっという間だった。

キヨ君がいろいろ話題を振ってくれたけど、どこか上の空でどう答えたかはあまり覚えてない。

高野君のことだけが、頭の中にあった。

「花梨ちゃん、疲れた？」

「えっ？　ううん、大丈夫だよ！」

「……そう？　そろそろお昼にしよう」
あんまり食欲はなかったけど、キヨ君を心配させたくなくてムリやり食べた。
お昼ごはんを食べたあとも、わたしたちはいろんな乗り物に乗った。
だけど、心から楽しめている自分はいなくて。
盛りあげて楽しませようとしてくれてるキヨ君に、申し訳なさでいっぱいだった。
そして、夕方。
オレンジ色の夕陽が射しこんで、あたりがだんだん暗くなりはじめる。
「そろそろ閉園の時間だね」
「だな。一応、海斗に連絡してみるか」
キヨ君が電話しはじめたのを見て、鼓動がドクドク音を立てる。
ふたりがうまくいってたら、わたしは……。
笑って「おめでとう」なんて言えない。
今でさえ泣きそうなのに、笑うことなんてできないよ。
苦しい。
苦しくて、悲しくて。
心から応援することなんてできるわけがない。
やっぱり、来なきゃよかった。

今さら後悔でいっぱいになる。

ダメじゃん。

こんな顔してたら、キヨ君がまた心配する。

「あいつら、今から観覧車に乗っててきとうに帰るって。俺らも観覧車に乗る？」

「あ……えっと。なんだか疲れちゃったし、そろそろ帰らない？」

キヨ君に心配させまいと、わたしはニコッと笑ってみせた。

最後に観覧車って、すごくロマンチックなシチュエーション。

高野君はもしかしたら、そこで大石さんに告白するのかもしれない。

そう思うと、観覧車になんて乗れるわけがなかった。

「そうだな……そろそろ帰ろっか」

「うん」

帰り道。

キヨ君が振ってくれる話題に、わたしはできるだけ笑って答えた。

だけど、なにを話したのかはまったく覚えていない。

ふたりのことが気になって仕方なかった。

前に進もう

週明けの月曜日。

いつもとは違う週末をすごしたせいか、なんだか心が重い。

頭にあるのは高野君のことばかり。

「ホント、バカみたいだよ」

なかったことにしたはずの想いが、まだ胸の中でくすぶっている。

遊園地に行った日の夜は、ふたりがどうなったのか気になってあまり眠れなかった。

昨日も高野君のことを考えてたら、あっという間に一日が終わっていた。

カバンにしまったままのピンク色の手紙を、今でも捨てることができずにいる。

誰にも見られないようにカバンの奥にしまいこんで、忘れようとすればするほど濃くなっていく想い。

伝えようって決めたはずだったのに。

カバンがズシリと重くて、肩が下がってしまいそう。

『はぁ』ともう一度ため息をつきかけた時。

「花梨ちゃん、おはよう」

校門をくぐり、教室に向かって歩いていると、うしろから元気よく肩をポンと叩《たた》かれた。

振り返ると、ニコッと笑うキヨ君の姿が目に飛びこんできた。

「うん、おはよう」

「あれ？　なんか元気ない？」

ニコッと笑ったのに、キヨ君はわたしの顔をマジマジとのぞき込んでくる。

「そんなことないよ」

「マジで？」

並んで歩きながら、さらに顔をのぞきこまれる。

綺麗で整った顔に、おもわずドキッとした。

「ち、近いよ！」

疑うような目を向けてくるキヨ君に至近距離で見られて、おもわずあとずさる。

いくらかわいいとはいえ、男子だから緊張する。

「ホントになんでもないから」

キヨ君といるせいか、廊下を歩いているだけでみんなから注目される。

慣れているキヨ君はなんとも思ってないようだけど、ジロジロ見られるのは気分のいいものじゃない。
「キヨ〜！ 鈴峰〜！ はよ」
——ドキン。
た、高野君だ。
朝から会えるなんて。
や、やばい。
緊張してきた。
顔を見た瞬間、一気に頬が熱くなるのを感じた。
高野君は、廊下で何人かの男子と輪になって話していて。
そこから、わたしたちに向かって大きく手を振っている。
そしてひとり輪から抜けて、こっちに走りよってきた。
なんだかいつもよりうれしそうなのは、わたしの気のせいであってほしい。
「この前はサンキューな！」
高野君を前に、自然と足が止まる。
「キヨがふたりきりにしてくれたおかげで、寧々ちゃんとかなり進展あってさ〜！」
——ズキン。
胸の奥がなにかで刺されたように痛い。

「観覧車ん中で告ったら、オッケーもらえたんだ」

……ウソ。

高野君のうれしそうな声が、何度も何度も頭の中でこだまする。

頭に強い衝撃が走って、目の前がグラグラ揺れた。

予想していたことだったのに、実際に突きつけられるとこうも違うなんて。

心臓がズキズキ痛くて、立っているのがやっとだった。

「鈴峰にもマジで感謝してる」

高野君のうれしそうな顔を見て、涙がこみあげてくる。

「わたしは……なにもしてないから。じゃあね」

涙の存在を隠すように、うつむきながら高野君の前を去る。

これ以上一緒にいると、泣いてしまいそうだった。

笑って『おめでとう』なんて、とてもじゃないけど言えないよ。

教室に着くと、すでに席についていた杏子が「おはよう」と声をかけてくれた。

「うん……おはよう」

瞬きを繰り返してにじんだ涙を乾かす。

こんなところで泣かない。

自分の席へは向かわず、そのまま杏子の近くに行く。

まだ授業もはじまっていないというのに、杏子は朝からむずかしそうな参考書を手にしていた。

さすが成績優秀な杏子だなぁ。

感心しちゃう。

「どうしたの？　なにかあった？」

杏子は参考書からわたしに視線を移す。

隠したってムダなことを、わたしはよくわかっている。

杏子はサバサバしてるけど、人のことをよく見てるから。

「うん、ちょっとね……」

「泣いたでしょ？　目が赤いよ」

うっ。

「泣きそうにはなったけど……泣いてないよ」

ちゃんと、我慢したから。

パタッと参考書を閉じると、杏子は立ちあがってわたしの腕を引っぱった。

「ど、どこ行くの？」

教室を出てどこかに向かって進む杏子に問いかける。

「屋上」

「なんでいきなり」

「いいから！」

杏子は好きなものは好き、嫌いなものは嫌いとはっきりしてる。

中途半端や曲がったことが大嫌いで、誠実でまっすぐな子。

苦手な人にはニコリともしないし、親しくない人と必要以上に話そうとしないから
周りからは『冷たい』とか『怖い』なんて言われていて。

愛想を振りまかないタイプだって知ってるわたしはそうは思わないけど、杏子の優しさはいつも伝わりにくい。

言葉にしないぶん、よけいに。

だけど、まちがいなく杏子は優しい。

今だって、話を聞いてくれようとしてるんだよね？

それが、杏子の優しさ。

うちの高校の屋上の鍵は開いている。

その代わりフェンスが高々と立ててあって、これを乗りこえるのは至難の技。

なので、今まで危険なことをする人はいなかったらしい。

——ギーッ。

屋上の扉を開けると、目の前に広がるのは快晴の空。

春の穏やかなポカポカ陽気がとても気持ちよかった。
だけどわたしの心は晴れなくて黒い影を落としたまま。
さっきの高野君のうれしそうな顔が、頭に焼きついて離れない。
我慢したはずの涙が再びじわじわあふれてくる。
杏子はわたしの手を引いて外に出ると、フェンスの前まで行きわたしを座らせた。
その横に杏子も座る。
「で、なにがあったの?」
「う、うん……っ、あのね……」
わたしは遊園地に行った日のことから、さっき聞いたことを話した。
胸が痛くて、苦しくて。
涙がポロポロこぼれるたびにそれを手でぬぐった。
この涙と一緒に高野君への気持ちも流れてくれたら、どんなによかったかな。
優しい高野君。
みんなの憧れで、高野君がいる場所はいつもキラキラ輝いてた。
カッコよくて、明るい高野君が大好きだった。
杏子は時々うなずきながらわたしの話を聞いてくれた。
いつもそう。

わたしが話してる時は、口をはさまずに聞いてくれる。

だからわたしも、素直に自分の気持ちを全部話すことができた。

黙ったまま話を聞いてくれる人って、わたしの周りには杏子しかいない。

「思うんだけど。やっぱり、ちゃんと告白しなよ」

杏子は腕組みしながらなにかを考えこむ素振りを見せたあと、静かに口を開いた。

「高野が大石さんと付き合ったことは仕方ないじゃん。それは変えられないけど、このままだと花梨に未練が残るだけだよ?」

「それは……そうだけど」

「このままだと花梨はもっと苦しむことになると思う。それなら、ちゃんと告白して自分の中でケジメをつけなきゃ」

「で、でも……」

杏子の言いたいことはわかってる。

このまま告白しないでいると、いつまでもズルズル引きずって忘れられなくなるって言いたいんでしょ?

きっぱり忘れるために、告白してフラれてこいっていう意味なんだと思う。

だけど、それで忘れられるの……?

フラれて、よけいに苦しくなるだけなんじゃ……?

「これは花梨が前に進むための告白だよ。高野に告白したら、花梨の中で絶対なにかが変わるはずだから」

前に進むための告白……か。

「フラれる、傷つくって考えるよりも、前に進むために告白するって考えたら、なんだかできそうな気がしてこない？」

杏子はなぜか、悲しげな顔をしていた。

こんな杏子の顔を見るのは初めてで、胸がギュッと締めつけられる。

ホームルームがはじまるチャイムが鳴ったけど、わたしたちは屋上から動かなかった。

「だから、花梨にはがんばってほしいよ」

「……うん、ありがとう」

変わるのかな？

高野君に告白することで……なにかが。

杏子の言葉はすんなり胸に溶けこんだ。

すぐにはムリかもしれないけど、前に進むためだって考えたら勇気がもてそう。

なにかを変えたい。

変わりたい。

杏子のおかげで、少しだけ心が軽くなった。

そのあとも、わたしたちは屋上でぼんやりしていた。

杏子といると、ホッとする。

授業開始のチャイムが鳴っても、杏子は「戻ろう」とは言わなかった。

きっと、傷ついてるわたしを励ますために一緒にいてくれてるんだ。

杏子……ありがとう。

大好きだよ。

「杏子は好きな人いないの？」

気になったから聞いてみた。

タイプは年上の人らしいけど、はっきりとは聞いたことがなかったから。

「なに？　いきなり」

「いやー、だってさ……杏子のそういう話って聞いたことないから。中学の時、彼氏とかいなかったの？」

わたしたちは高校からの仲だから、中学時代のことはくわしく知らない。

今まで何度か同じ質問をしてきたけど、はぐらかされてばかりだった。

だから過去になにかあったんだとは思うけど、いまだにそれは教えてくれない。

それがちょっとさみしかったりする。

もうずいぶん仲良くなったと思うのに、教えてくれないってことは信用されてないってことなのかな。

杏子にたくさん励ましてもらったのに、わたしはなにもできてないんだもん。

好きな人がいるなら協力したり、杏子のためになにかしてあげたい。

「いるよ……好きな人」

「えっ⁉ うそっ」

いる、の……？

「どんな人？　この高校にいる？」

まさか教えてくれるとは思わなかったから、おもわず身を乗りだす。

「中学の時に付き合ってた二個上の先輩だよ。中三の春に『ほかに好きな人ができた』って言ってフラれちゃった……この高校にはいないよ」

悲しげにフッと笑う杏子。

その顔は今にも泣きだしそうで、とてもじゃないけど見てられない。

もしかして、思い出したくないことを思い出させちゃった……？

ほかに好きな人ができたなんて、わたしだったらそんなのツラすぎる。

耐えられないよ。

「ごめんね……嫌なこと思い出させて」

なにも知らずに聞いてしまったことを、心から後悔した。

誰にだって言いたくないことのひとつやふたつくらいはあって当然なのに。

それを掘り返すようなことをしてしまった。

そんな事情があったなんて、全然知らなかったよ。

「なに暗くなってんの？　気にしてないから、そんな顔しないでよ！　今まで黙っててごめんね……なんだか言いだしにくくてさぁ」

「ううん！　わたしこそ杏子の気持ちも知らずに……ごめんね」

「あたし、花梨に偉そうなこと言ったけど……本当は自分にそう言いきかせてたの」

えっ……？

「行動次第でなにかが変わるかもしれないって、いつも言ってたでしょ？　それって、実は自分に言いきかせてたんだ」

自分に？

「さっき花梨に言ったことも、花梨と自分に向けて言ったんだ。でも、怖くて自分からは行動を起こせなくて。おかしいよね……別れて二年以上もたつのにさ」

いつも強気で何事にも揺るがなかった杏子の目に、うっすらと涙がにじんでいる。

それを見て、すごく胸が痛んだ。

『前に進むために告白する』

『自分の中で絶対なにかが変わる』

『がんばってほしい』

全部自分に言いきかせてたことだったんだ。

「全然おかしくないよ……！　それほど好きだったんでしょ？　わたしは杏子を応援する！」

好きな人に、ほかに好きな人がいるツラさはよくわかる。

ツラくて苦しくて、胸が苦しくて仕方ないってことも。

どうしたらいいかわからなくて、身動きができずにいるもどかしさも。

涙があふれて止まらなくなる切なさも全部。

全部が杏子と重なる。

今までどれくらい泣いた？

苦しかった？

付き合っていたぶん、たくさんの思い出があるから杏子のほうがツラいはずで。

杏子の気持ちを考えると、わたしまで涙があふれてきた。

「もー、花梨までなんで泣いてるの？　でも、ありがとう……」

杏子は涙をぬぐいながらわたしを見て、苦笑いを浮かべる。

「だ、だって～……！　あ、杏子が……っ」

「あたしのために……泣かせてごめんね」

大きくブンブン首を振る。

やめてよ。

そんなふうにあやまる必要ないのに。

いつもの杏子らしくないじゃん。

もっと強気で言いたいことをズバッと言っていいんだよ？

わたしは、そのほうが好きだもん。

だから……そんな苦しそうな顔をしないでよ。

笑っててくれなきゃ、わたしもツラいんだ。

「あーもう……っ！　泣かないの……ほら」

杏子はブレザーのポケットからミニタオルを出して、わたしの目に当てた。

「あ、ありがとう……っ」

いつもクールでサバサバしてるけど、実は面倒見がいい杏子。

言いたいことを言うけど、杏子は最後までわたしを見捨てたりすることはなかった。

相談にも乗ってくれるし美人だし、無愛想だけど優しさもちゃんと伝わってくる。

そんな杏子が大好きだから、笑っててほしいって思うんだ。

「あたし……花梨がうらやましかったんだよね」

タオルを目に当てていると、突然杏子がそんなことを言いだした。

わたしがうらやましかった……？

「表情がコロコロ変わってわかりやすいし、そうやってあたしのために泣いたりしてさ……そういう優しさみたいなのが、どうやらあたしには欠落してるみたいで」

杏子は悲しげに顔をゆがめながら言葉を続ける。

「昔から感情を表に出すのが苦手でさ。元カレからも『なにを考えてるかわからない』って言われつづけてたの。だから……そうやって素直に感情を出せる花梨がうらやましかった」

自嘲《じちょう》気味に笑った杏子は、そう言ったあと力なく顔をふせた。

「わたしは……杏子がうらやましいよ。自分の意見をもってて、言いたいことをズバズバ言ってさ。なんでもソツなくこなすし、頭もよくて。先生からも信頼されてるじゃん！　美人だし、モテるし。ほら、わたし超平凡だから」

言いにくいことも本人にズバッと言うところは、いつも見習いたいなって思ってた。

自分の意見をはっきり言うのって、簡単そうに見えてすごく勇気がいること。

それを当たり前のようにできちゃう杏子を、わたしはいつも尊敬してたんだ。

「それにさ、目に見えることだけが優しさじゃないと思う。杏子の優しさは伝わりにくいかもしれないけど、それでもわたしには伝わってるから……だから、そんなこと言わないで」

きっと、人ってないものねだりなんだよね。

わたしにないものを杏子はもってて、杏子にないものをわたしがもってる。

だからこそ、わたしたちは一緒にいられるのかもしれない。

だって、わたしには杏子の考えてることがわかっちゃうから。

一緒にいて苦痛に感じることなんてない。

むしろホッとするんだ。

「……ありがと」

「ううん……！　わたしが男だったら、中身も含めて絶対杏子を好きになってる！」

「あはは……！　あたしはやだなぁ、花梨が男だったら選ばないかもね」

「ええっ⁉　なんで？　ひどいよっ」

「だって……優柔不断は嫌いなんだもん～！」

いつもの調子を取りもどしたのか、杏子が強気で言い返してきた。

それを見てホッとする。

杏子にはやっぱり、そうやって笑っててほしいから。

「杏子、わたしがんばってみるね！　だから、杏子もがんばって！」

わたしは前に進むために高野君に告白する。

杏子と話して、やっとそう思うことができた。

前に進もう、前に。

「うん。あたしもがんばってみる」

杏子の横顔は、なんだかスッキリしているようだった。

「「ぷっ」」

わたしたちは顔を見合わせて、どちらからともなく噴きだした。

わたしはひとりじゃない。

杏子がいる。

杏子もがんばろうとしてるんだから、わたしも負けてられない。

この短時間でなんだか少しだけ、前向きになれた。

step＊3

告白

よしっ！

今日こそは！

拳を握りしめ、気合いを入れる。

大丈夫、わたしならできる。

ちゃんと言える。

今日こそは絶対に高野君に告白するんだ。

そう心に誓って一週間。

いざとなると緊張して、直前になって挫折してを繰り返して結局言えず仕舞いのまだった。

でも、今日こそは！

「どうしたの？　そんなに意気ごんで」

「へっ⁉　うわっ！」

急に目の前に現れたキヨ君のドアップに、おもわず身体がのけぞった。

女の子みたいにキメ細かな綺麗なお肌と、クリッとした大きな瞳。

キヨ君は今日も、相変わらずかわいいな。

「そこまでビビんなくても。俺、かなりショックなんすけど」

ムスッとしながらキヨ君が言う。

「ご、ごめんっ！　気がついたらいたから、ビックリしちゃって！」

えへへっと愛想笑いでごまかして、イスに座りなおした。

「気がついたらって……俺って、花梨ちゃんの中でかなり存在感がないんだな」

「えっ⁉　そんなことないよ～！　わたしがボーッとしてるだけだし」

キヨ君がなんだか悲しげな顔をするから、わたしはあわてて否定した。

「ボーッと、ね」

「う、うん……」

意味ありげにキヨ君がそう言ったけど、なぜかわたしは聞き返すことができなかった。

「それより花梨ちゃん、さっき妙に意気ごんでなかった？」

「え？　バ、バレた……？　実は……高野君に告白しようと思って」

キヨ君には素直に言うことができた。

それはやっぱり、この前キヨ君がわたしに本音を打ちあけてくれたから。

わたしも正直にキヨ君に言いたかった。

『応援はできない』って前に言われちゃったけどね。

でも、それでもいいんだ。

キヨ君に応援してもらおうとか、協力してもらおうだなんて思ってない。

「……そっか」

「うん」

キヨ君はそれ以上は口を閉ざして、前を向いてしまった。

そうだよね。

わたしの告白なんて、キヨ君からしてみればどうでもいいよね。

ううん。

むしろ、せっかくうまくいったふたりに水をさすようなマネをするなって怒ってるのかも。

キヨ君は高野君の友だちだもんね。

わたしなんかより、ずっとずっと濃い時間を一緒にすごしてきたはずで。

大石さんを好きな高野君の応援もしてたはずだから。

授業中、何気なくノートを取っていると机の中でスマホが光ったのがわかった。

ん？

メッセージ?

し、しかも。

キヨ君……⁉

なんで?

《フラれたら、俺がなぐさめてあげるね^o^》

——ガタッ。

そのメッセージに反応して、わたしはおもわず立ちあがっていた。

ガタッとイスを引く音が響いて、クラスメイトがいっせいにこちらを振り返る。

は、恥ずかしいっ……。

「どうしたー、鈴峰?　この問題解きたいのか?」

チョークを片手に黒板に向かう先生は、数式を何個か書いてちょうど誰かに当てようとしていたところだった。

「ち、違います!　わかりませんからっ!」

「解く前からあきらめるなって、いつも言ってるだろ?　よし、鈴峰。この問題はおまえが解け」

「えー……!」

さ、最悪っ。

なんでわたしなのぉ！

無意識とはいえ、立ちあがってしまったことを今さら後悔。

「ほら、前に出てやってみろ」

そう言われて前に出たのはいいものの。

わ、わからない。

どうしよう。

チョークを持ったまま固まる。

目の前の数式が頭の中でぐるぐる回っていた。

こんなことになったのも、もとはといえばキヨ君があんなメッセージを送ってくるから。

なんて、できないことを人のせいにしてみる。

「わ、わかりません……」

すがるような目で隣に立つ先生を見たけど。

「もう少し考えてみろ」

あっけなく突きはなされてしまった。

うわー。

先生の鬼！

「せーんせ、花梨ちゃんの代わりに俺がやります」

「ん？　清野か？　よし、ならやってみろ」

えっ？

キヨ君が？

キヨ君はわたしの隣に立つと、口パクで「ごめん」とあやまった。

きっと……メッセージのことを言ってるんだ。

当てられたのはキヨ君のせいじゃないのに、あやまるなんて、すごく律儀《りちぎ》な性格。

チョークを持ったキヨ君は、黒板にスラスラ答えを書きはじめた。

男の子なのにキヨ君の字はすごく綺麗で見やすい。

あまりにもサラサラ書くもんだから、おもわずその光景に見惚れてしまった。

「おー、正解だ。さすがは清野だな。鈴峰も少しは見習えよ？」

「は、はい……」

す、すごい。

レベルの高い問題を、こうもあっさり解いちゃうなんて。

英語の時もそうだったよね。

今まで知らなかったけど、キヨ君って優秀なんだね。

先生も『さすがは清野』って言うくらいだもん。

わたしはまた、キヨ君のおかげで助かった。

席に戻っていいと言われて、キヨ君のうしろをついて歩く。

もしかしなくても……助けてくれたんだよね？

ありがとう。

それから授業は再開したけど、わたしの頭の中は高野君のことでいっぱいだった。

告白しようにも、そもそもどうやって呼びだせばいいんだろう。

教室まで行く勇気はないし、友だちや大石さんと歩いているところに声をかけるなんてこともできそうにない。

高野君がひとりでいるところなんて見たことがないし、もしかしたらこのまま声をかけられなくて、一年が終わっちゃうなんてこともあるかも。

うわー。

どうしよう。

せめて、連絡先でも知ってたらなぁ。

どうしようと思ってあれこれ悩んでいるうちに、あっという間に放課後になった。

答えはまだ出ていない。

やっぱり……今日はやめとこうかな。

放課後の教室はそこまで騒がしくもなく、みんなそれぞれ予定があるのか早々に教室を出ていく。

うん。

やっぱり今日はやめておこう。

明日にしよう。

そう思ってカバンを肩にかけ、ずいぶん人数の減ってしまった教室をあとにした。

「あれ？　帰るの？」

靴箱で履きかえていると、近くで声が聞こえて顔を上げる。

「キ、キヨ君……」

今、帰りなんだ？

「海斗に告るんじゃなかったっけ？」

うっ。

「や、やっぱり明日にしようかなって……」

意気地なしなわたしは、キヨ君の顔を見ることができない。

朝、宣言しちゃったのに。

「ったく。仕方ないな。花梨ちゃんって、マジで世話が焼ける。ちょっとそこにいて」

「え……？」

世話が焼ける？

聞き返す間もなく、キヨ君はポケットからスマホを取りだしてどこかに電話をかけはじめた。

「あ、海斗？　おまえ、今すぐひとりで体育館裏に来いよ」

海斗って……。

電話の相手は高野君⁉

なんで？

「なんだっていいだろ。とにかく今すぐ来い。いいな？」

キヨ君はスマホを耳から離すと、何事もなかったかのようにポケットにしまった。

も、もしかして……。

「ほら、早く行って！　海斗が来るから」

「え？」

や、やっぱり……。

キヨ君はわたしのために高野君を呼びだしてくれたんだ……。

ど、どうしよう……。

って、行くしかないんだけど。

明日にするつもりでいたし、覚悟なんてできていなかった。

あれだけ何度も大丈夫だって言いきかせたはずなのに、いざとなるとやっぱり足が震えて緊張する。

「大丈夫だって。言ったじゃん。フラれたら、俺がなぐさめてあげるって」

背中を押すキヨ君の力強い手と優しい声。

「う、うん……」

そうだけど。

やっぱり緊張するよ。

「校門を出たとこで待ってるから、がんばってこいよ」
キ、キヨ君……。
どうしてわたしなんかの応援をしてくれるの？

高野君の味方じゃなかったっけ？

わからないけど、せっかく呼びだしてくれたんだし。

こうなったらもう、覚悟を決めるしかない。

バクバクする胸を押さえながら、わたしは体育館裏に向かった。

体育館裏はめったに人が通らないから、告白するにはピッタリの場所。

「あれ？　鈴峰？　キヨ知らねー？」

そわそわしていると、なにも知らない高野君が姿を現した。

相変わらずカッコよくて、顔を見ただけで鼓動がありえないくらい跳ねあがる。

「あいつ、人のこと呼びだしといていねーし」

ムッとしているのか、高野君は唇をとがらせる。

「ち、違うの……！　わ、わたしの代わりに……呼びだしてくれたんだよ」

声が震える。

高野君の顔を見ることができない。

「なんで鈴峰が俺を？」

「そ……れは。ちょっと、話があって」

「話？」

どうしよう。

今までにないくらい心臓がドキドキしてる。

「あ……の、コレ……読んで、ほしくて」

わたしは震える手で、カバンの中からピンク色の手紙を取りだした。

そして、そっと高野君にさしだす。

「これって……呪いの手紙？」

うっ。

グサッ。

「あの時はとっさにそう言っちゃったけど……ホントは違うの。今、読んでもらえないかな？」

いくらなかったことにしてみても、どうしてもこの手紙は捨てることができなかった。

高野君への気持ちが、たくさんつまったものだったから。

わたしの手から手紙を受けとると、カサカサと封を開ける音が聞こえてきた。

「よくわかんねーけど、わかったよ」
ヤ、ヤバい。
でも、好きとは書いていないから告白はちゃんと口で伝えなきゃ。

「えーっと……これって。体育館裏に来いって……？　大事な話って」

読みおえたのか、高野君がとまどいながらわたしを見る。

ここで逃げちゃいけない。

「う、うん……わたしね、ずっと……好きだったの。高野君のこと……一年生の時から」

目を見て言えなかった。

不安と緊張で、心臓がはちきれそう。

五月の暖かくてポカポカした陽気があたりを包む。

緊張のせいもあって、額や背中に汗がにじんだ。

「へ、返事はわかってるんだけど……前に進むために……聞かせてもらってもいいかな……?」

もうここまで来たんだもん。

聞かなきゃ、前に進めない。

「マジ、か。呪いの手紙じゃなかったんだな」

「うそついて……ごめんなさいっ」

「周りにキヨとかいたからだよな。こっちこそ、ごめん」

高野君の申し訳なさそうな声が聞こえて、おそるおそる顔を上げる。

「う、ううん……っ! あの時、高野君がわたしのことを知らなかったっていうのもショックで……それで呪いの手紙だなんて言っちゃったの」

あの時のことを思い出して、胸がキュッと締めつけられる。

それは今でも高野君を好きだという証拠。

好きだから苦しくて仕方ないんだ。

「マジごめん。俺、顔と名前覚えるの苦手で……! けど、もう完璧覚えてるから」

「あ……うん」

そう言ってもらえただけで十分だよ。

「それと。俺は寧々ちゃんが好きだから、鈴峰の気持ちには応えらんねー。ごめん」

――ズキン。

そう言われることは、わかっていたはずだった。

それなのに、どうしてこんなにも胸が痛いんだろう。

喉の奥が熱くなって涙が浮かぶ。

大石さんを好きだって知ってたのに……どうして。

震える唇をなんとかぎゅっと閉じる。

「うん……っ！　知ってるよ！　が、がんばってね……っ！　じゃあ」

最後に口から出たのは、精いっぱいの強がり。

本当は『がんばってね』なんて思ってない。

だけど高野君を前にすると、そう言わずにはいられなかった。

校門に向かって駆けだすわたしのあとを、当然だけど高野君が追いかけてくることはなかった。

イケナイ現場

校門を出たところで、キヨ君が立っているのが見えて速度をゆるめる。

目にうっすら浮かんだ涙を、あわてて腕でゴシゴシぬぐった。

「……ごめんね！　お待たせ」

ムリに笑顔を作って歩みよると、うつむいていたキヨ君はゆっくりと顔を上げた。

「花梨ちゃん……強がらなくていいから」

眉を下げて悲しそうに笑うキヨ君。

心配……してくれてたんだよね？

キヨ君の悲しげな顔を見たとたん、なぜだか涙がブワッとこみあげてきた。

「あ……っあれ？　おかしいなぁ……涙が、出てくる……っ」

喉の奥が熱くなって、視界がゆらゆら揺れる。

胸がズキズキヒリヒリ痛かった。

「ご、ごめっ、キヨ、くん……っ」

「思いっきり泣いて、スッキリするといいよ。俺のことは気にしないで」

人目につく学校の校門前なのにも関わらず、キヨ君は優しくわたしの背中をさすってくれた。

温かい手の温もりと、キヨ君がもつ優しい雰囲気にどんどん涙があふれてくる。

「ここ目立つし、とりあえず行こっか」

泣いてるわたしの腕を引いて、キヨ君はどこかに向かって歩きだした。

さっきから、すれ違う人たちの視線が痛い。

ヒソヒソ言ってる声まで聞こえてきた。

わたしは泣き顔を見られるのが嫌で、うつむきながら歩いた。

「歌いたい気分じゃないかもしれないけど、とりあえず入ろ」

やってきたのは駅前のカラオケ。

わたしの家はここから電車で二駅。

杏子とは乗る電車が真逆だから、遊ぶ時はよくここのカラオケを利用していた。

有無を言わさず中に引っぱられ、キヨ君が受付をすませる。

部屋に行くまでの間にずいぶんと涙は引いたけど、胸の奥はズキズキ痛いままだった。

「ウーロン茶でいい？」

「あ……うん」

「りょーかい」

慣れた手つきで注文をすませたキヨ君は、わたしの向かい側に腰を下ろした。

暑いのかブレザーを脱いでネクタイをゆるめながら、シャツをパタパタさせている。

シャツはズボンから全部出ていて、キヨ君が仰ぐたびに腹筋がちらちら見えた。

女の子みたいなのに、腹筋はしっかり割れていて。

なぜだかドキッとする。

思えば、男友だちとふたりでカラオケって初めてだ。

「もうすぐ夏だなー。すげえ暑い」

「だ……だね」

なんだかわたしまで暑くなってきて、ブレザーを脱いでカッターシャツの袖をまくった。

ウーロン茶が運ばれてくると、すぐさまそれに口をつけた。

冷たいものが胸の中にスーッと落ちて、傷を癒してくれているよう。

「今度こそ海斗に告白できた？」

さっきまで『暑い』って言っていたかと思えば、今度は真剣な表情を見せるキヨ君。

「うん。きっぱりフラれちゃった……わかってたけど、やっぱりショックだね」

さっきのことを思い出すと、すぐに涙腺がゆるんで涙がこみあげてくる。

「それだけ本気だったってことだろ?」

「……うんっ」

一年も片想いしてたからショックは大きい。

苦しくてツラくて、涙が頬を伝った。

「俺がなぐさめてあげるから、思いっきり泣いていいよ」

「う、ん……っ、ありが、とう……っ」

立ちあがって隣に座ったキヨ君が、わたしの肩を抱いて思いっきり引きよせた。

そんな行動に出ると予想していなかったわたしは、カチカチに固まったまま動けなくなる。

「キ、キヨ君……っ?」

「俺の胸かしてあげるから、思いっきり泣きなよ」

さらに引きよせられて、キヨ君の胸におでこがトンと当たる。

こんなに恥ずかしい格好なのに、キヨ君の優しさに涙が止まらなかった。

不思議。

友だちになって間もないキヨ君の前で、こんなに素直に泣けるなんて。

「大丈夫。ずっとこのままってわけじゃないし、いつか楽になる時がくるから」

「うん……っ」

優しく背中をトントンされて、気持ちがどんどん落ちついていく。

キヨ君の優しさが、すごく心地よい。

「ってか、海斗なんてぶっちゃけ顔がいいだけのヤツじゃん。人の顔覚えないし、花梨ちゃんにはもったいないよ」

「そ……っそんなこと、ないよ」

「そんなことあるって。花梨ちゃんは、優しくて思いやりがあっていい子だし。無神経な海斗にはもったいなさすぎ」

キヨ君……それはちょっとほめすぎだと思う。

でも、うれしい。

わたしのこと、ちゃんと見てくれてるんだ。

「花梨ちゃんには、これ以上傷つかないでほしい。できれば、俺がそばにいて……」

真剣な声にドキッとする。

キヨ君……？

「ごめんっ、なに言ってんだろう俺。気にしないで」

パッと身体を離されて、キヨ君はそっぽを向いてしまった。

そして、自分の髪の毛を手でわしゃわしゃとかきまわす。

「キヨ君……？」

「ごめん、マジでなんでもないから」

ホントに……？

だって、なんだか言いたいことを言えずにいるように見えるよ。

「とにかく。あんな奴のことなんか早く忘れろよ。これ以上、花梨ちゃんが傷つく必要ないから」

「あ……うん」

有無を言わさない力強いキヨ君の瞳に逆らえなくて、わたしは素直にうなずいた。

そうだよね。

いつまでもウジウジしてたって、高野君がわたしを好きになってくれるわけじゃない。

気持ちにケジメをつけるために伝えたんだもん。

「キヨ君……っ。わたし、歌ってもいいかな？」

ツラい時こそ、歌って発散だよね。

「もちろん。今日は花梨ちゃんが満足するまで思う存分付き合うよ」

ニコッと笑ってくれたキヨ君に、ホッと胸をなでおろす。

「……ありがとう」

そうしてわたしは、失恋ソングばかりを歌いまくった。

歌詞に共感して涙が止まらなくなって、それでも泣きながら必死に歌ったんだ。

キヨ君はそんなわたしに苦笑いだったけど、頭をポンポンしてくれて励ましてくれたり。

ずっとニコニコしていてくれたから、安心して泣けたんだと思う。

「キヨ君は歌わないの？」

さっきからわたしばっかり歌っちゃってて、なんだか申し訳なく思えてきた。

「いいよ。今日は花梨ちゃんをなぐさめる会なんだから。なんなら、このあと甘いものでも食べにいく？」

「え？」

「女子って、甘いもの食べたら元気になるんじゃないの？」

たしかにそうだけど、これ以上キヨ君を付き合わせるのは悪い気もする。

「言ったじゃん。今日は思う存分付き合うって。花梨ちゃんが元気になるなら、朝までだって付き合うよ」

「そうだけど……悪いよ。っていうか、朝まで？」

キヨ君はたまに、冗談なのか本気なのかわからないことを真顔で言う。

「俺的には遠慮されるほうが嫌なんだけど。ってことで、甘いもの食べにいくことに決定～！　朝までっていうのは、そのぐらいの気持ちでってことだよ」

「………」

まぁ、キヨ君がいいならわたしはいいけど。

こんなわたしに付き合ってくれるキヨ君は、なんていい人なんだろう。

声が枯れるんじゃないかってほど歌ったあと、わたしたちはカラオケ店を出た。

少しだけ心が軽くなったような気がするのは、まちがいなくキヨ君のおかげ。

……ありがとう。

「やっぱり夜は冷んやりするよなー。昼間との気温差で風邪引きそう」

キヨ君がブレザーを羽織りながら震えている。

「そうだね。季節の変わり目って、体調崩しやすいっていうし。男の人って髪が短いから、それだけで風邪引きそう」

「あー、ね。俺、毛量多いから、頭寒いと思ったことないよ」

「あはは、そうなんだ」

キヨ君と話していると楽しくて自然と笑顔になれる。

駅周辺はわりと都会だから、多くのカップルやサラリーマンが行きかっている。

ぶつかりそうになりながら、なんとか人を避けて歩いていたわたし。

ふと前を見ると、交差点で信号待ちをしていた一組のカップルが目についた。

女の子のほうは同じ制服を着ていて、彼氏であろう男の人の肩にもたれピッタリ寄りそっている。

あれ……？

あの人って。

「大石、さん……？」

「ん？　どれ？」

「あの人」

その綺麗なうしろ姿には見覚えがあった。

「わ、マジだ。大石さんじゃん」

わたしの視線の先に目を向けたキヨ君が、ポツリとつぶやく。

やっぱり、そうだよね。

あのうしろ姿は、どっからどう見ても大石さんだ。

でも。

だけど。

「隣にいる人は……誰？」

黒髪で私服を着ているその男の人は、どこからどう見ても高野君じゃない。

「さぁ……誰なんだろ。親密な関係ってことはわかるけど」

「………」

だよね。

だって、ピッタリ密着してるし。

どこからどう見ても、友だちっていう感じじゃない。

その人は……大石さんのなに？

高野君がいるのに、どうして？

わたしは無意識にキヨ君の腕を引っぱって、大石さんがいる真うしろまで距離をつめた。

だって、これって浮気だよね……？

大石さんは高野君と付き合ってるんだから。

「俺、寧々のことしか頭にねーよ。マジ好き」

「本当～？　うれしい！　あたしもタクのことが大好きだよ～！」

「おまえ、マジでかわいいな」

「ありがと～！　じゃあさぁ……今度、新しく出たブランド物のバッグ買ってくれる？」

「もちろん」

「やったぁ、ありがと～！」

そんなふたりの会話が聞こえてきた。

どう考えてもカップルにしか思えない。

大石さん……この人のことが好きなの？

わけがわからないよ。

考えこんでいると、目の前の大石さんがチラッとうしろを振り返った。

一瞬だけ目が合ったような気がしてドキッとしたけど、大石さんは何事もなかったかのように前を向く。

気のせい、かな……？

暗かったし、気づかなかったのかも。

それから信号が青になって、大石さんは弾むような足取りで男の人と暗闇に消えていった。

「花梨ちゃん、行こ」

「えっ？　あ……うん」

ふたりの背中が見えなくなった頃、キヨ君に腕を引っぱられてハッとする。

キヨ君はどう思ったんだろう。

絶対にさっきの会話は聞こえてたはずだよね。

「甘いものどうする？」

信号を渡りきったあと、キヨ君がわたしにそう尋ねた。

なんとなく、甘いものを食べる気分じゃなくなってしまった。

それよりも大石さんのことが気になって、それどころじゃない。

高野君がいるのに、どうしてほかの男の人と一緒にいるの？

「キヨ君は大石さんが気にならないの？」

どちらからともなく、邪魔にならない端っこに移動して立ち止まる。

さっきの光景が衝撃的すぎて落ちつかない。

「気になるけど、俺らが首つっこむような問題じゃないしなー」

「そうかもしれないけど……」

こんなの……高野君がかわいそうだよ。

高野君が本気で大石さんを好きだって知ってるからこそ、すごく気になる。

だからって、わたしが首をつっこんでいい問題じゃないってことはわかるけど……。

わかるけど……。

両想いになれてよろこんでいた時の高野君の顔が脳裏に浮かぶ。

あんなにうれしそうだったのに。

真実を知って傷ついた時の顔を想像すると、心臓をわしづかみにされたみたいに苦しかった。

「花梨ちゃん、大石さんに説教でもする気かよ？」

キヨ君が眉をひそめながらわたしの顔をのぞきこむ。

「し、しないよ……できるわけ、ないじゃん」

「じゃあ、海斗にさっきのことを言う？」

「……っ」

言えるわけがない。

傷つけるってわかってるからこそ、よけいに。

それに、部外者のわたしが勝手に言っていいのかどうかもナゾ。

ふたりの仲がこじれることはわかってる。

壊すつもりなんかないのに。

だけど、このまま見て見ぬフリをするのも……。

「ほらな。俺らにはどうすることもできないんだよ。ふたりのことは、ふたりがなんとかするだろ」

「で、でも……」

ごもっともだ。

キヨ君の言うとおり。

頭ではわかってる。

だけど……。

「こんなことを言うのはアレだけどさ。花梨ちゃんからすれば、ふたりがうまくいかないほうがいいんじゃないの？」

えっ……？

「ふたりが別れたら、海斗が花梨ちゃんにかたむく可能性は十分にあるわけだし」

「………」

でも、それは高野君が傷つくってことで。

わたしはそんなの望んでない。

わたしは……高野君の傷ついた顔なんて見たくないんだよ。

「好きな人を振りむかせたいなら、そういうズル賢さをもつことも大事だろ」

キヨ君が淡々と言う。

わたしには優しいのに、高野君が傷つくことにはなんとも思わないのかな？

ズル賢さ……か。

たしかに、わたしにそんな頭はない。

感情で行動するタイプだから、いつも先のことを考えずに突っぱしってしまう。

「わたし……高野君と付き合いたいわけじゃなくて」

振りむかせたいわけでもなくて。

どうしたいのかって聞かれたら、それはそれで困るけど。

高野君には……心から笑っててほしいって思うから。

大石さんと笑いあっていてほしいんだよ。

「今日はもう帰ろっか。花梨ちゃん、家どこ？」

「えっ？　あ、高城台《たかしろだい》駅の近くだよ」

「もう遅いから送るよ」

えっ？

駅に向かって歩きだしたキヨ君のあとを、小走りで追いかける。

「キヨ君の家も高城台なの？」

隣に並んで横顔を見上げた。

キヨ君はなにを考えているかわからないような無表情で、チラッとわたしを見る。

「いや、俺んちはこの近く」

「あ、じゃあ駅まででいいから」

「いや、危ないだろ。ちゃんと家の前まで送るから」

いいの……かな？

だけど、本人がそう言ってるんだし。

わたしは申し訳なく思いながらも、キヨ君に家まで送ってもらった。

ただ、その間ほとんど会話はなく。

わたしは大石さんのことだけが気がかりで仕方なかった。

ズル賢さ

次の日。

今日も朝から清々しい青々とした空が広がっていた。

「鈴峰さん、ちょっといい？」

教室に入ろうとしたところで、うしろから誰かに呼び止められた。

聞きおぼえのある声に肩がビクッと揺れる。

「お、大石さん……」

教室からは騒がしい声が聞こえるけど、今のわたしの耳には入ってこない。

目の前にいる大石さんのことで頭の中がいっぱいだった。

「ちょっと来てくれる？」

「あ、うん……」

連れてこられたのは、昨日わたしが高野君に想いを告げた体育館裏。

昨日のことが蘇って、胸の奥がチクッと痛んだ。

「やだ、そんなに固くならないでよー。べつにイジメたりするわけじゃないんだし」

わたしを見て、クスクス笑う大石さん。

細くて華奢な肩が小さく揺れていた。

真っ白なお肌は、近くで見るとさらに綺麗で透明感があふれている。

やっぱり美人だ。

「昨日、見たでしょ？」

昨日……？

って、夜のことだよね？

そう言われて、昨日仲良く寄りそっていたふたりの姿が頭に浮かんだ。

やっぱり、大石さんはわたしに気づいてたんだ？

「当たり前じゃん。あんなに近くにいて、気づかないほうがおかしいよ」

どうやら、わたしの考えが顔に出ていたらしい。

なにも言ってないのに、大石さんがクスクス笑いながら言った。

「浮気……してるの？」

説教なんてするつもりはない。

それを確かめて、高野君にチクる気もない。

ただ、大石さんがどういうつもりでいるのかが気になる。

「浮気……？　やだぁ。そんなわけないじゃん」

大石さんは口もとに手を当てながら、見下した目でわたしを見て笑っている。

「でも……高野君と付き合ってるんだよね？　それに昨日……あの男の人にも好きだって」

そう言ってたのをたしかに聞いた。

浮気じゃないなら、昨日のあれはいったいなに？

好きじゃない人に、好きだなんてふつうなら言わないはず。

「あはは。そんなの本気で言ってるわけないでしょ？」

「えっ……？」

「あの人、お金だけは持ってるからその気にさせて、いろいろ買ってもらってるだけ。『好き』って言ってれば、なーんでも買ってくれるし便利だよ」

な、なにそれ……。

「じゃあ、高野君が本命なの……？」

「やだー、やめてよー！　ありえないから！」

大石さんはあからさまに嫌そうな顔をしてみせた。

大げさに首をブンブン横に振って、思いっきり否定している。

「あたしの外見しか見てないんだよ？　カッコよくてモテる男っていちばん嫌い。高野君みたいな、誰からも好かれてるような人はとくにね」

「な、なんで……？　じゃあ、どうして付き合ったの？」

嫌いなら、付き合わなきゃよかったじゃん。

意味がわからないよ。

「しつこかったし、なにかの役に立つかなーと思ったんだけどね。だけどバイトはしてないから高価なものは買ってもらえないし、デートに誘われたと思ったら遊園地とかカラオケだし……正直、つまらないんだよね」

大石さんはこれまでにないほど饒舌《じょうぜつ》になって止まらない。

正直、こんな人だったなんて思いもしていなかった。

「鈴峰さん、高野君のことが好きなんでしょ？　だから遊園地に一緒に誘ってあげたのに、キヨ君とふたりで消えちゃうからビックリしたよ～！」

えっ……？

わたしが高野君を好きだって気づいてたの？

あの時、なんで誘われたのかナゾだったけど。

そういうことだったんだ。

「高野君とはすぐ別れることになると思うから、あんまり落ちこまなくてもいいよ？　傷心につけこんだら、簡単に落とせると思うしさ～！」

大石さんはなぜか、この時ばかりは笑っていた。

いつも目が笑っていないように見えたのに、今はニッコリ微笑んでいる。

だけどその笑顔はなんだか不気味で。背筋がゾクッとした。

「高野君もあたしの顔しか見てないし？　っていうか、あたしに言いよってくる男はみんなそう。すぐ心変わりすると思うから、せいぜいがんばりなよ」

「わ、わたしはべつに、そこまでして高野君とどうにかなりたいわけじゃ……」

「なにいい子ぶってんの？　あたしが言うのもなんだけど、綺麗事だけじゃ振りむいてもらえないよ？　男も大嫌いだけど、鈴峰さんみたいないい子ちゃんも大嫌い」

「……っ」

べつに好かれたいとは思わないけど、きっぱり否定されるのは傷つく。

大石さんはどうして、男の人が嫌いだなんて言うんだろう。

「で、でも……高野君は本気で大石さんのことを」

「そんなの、今だけだって。すぐに心変わりして、ほかの女のところに行くに決まってるじゃん。あたしのなかで、男は利用する生き物でしかないから」

「ひ、ひどい……」

大石さんって、相当性格がゆがんでる。

利用する生き物でしかないって……。

どうしてそんなふうに思うんだろう。

「ひどい？　どこが？　言いよってくる男が悪いんだよ。それを利用してなにが悪いの？　どうせみんな、あたしの身体と外見にしか興味がないんだから」

「………」

もしかすると、大石さんもキヨ君と同じようにいろいろあったのかな。

外見にこだわりすぎだと思うのは、わたしだけ？

「中身を見てくれる人はきっといるよ」

「やめてよ！　あたしはべつに、見てほしいなんて思ってないもん。男全般大嫌いだし、好きだって言われるたびに鳥肌が立つんだから！」

大石さんは、これまで見たことないくらい本当に嫌そうな顔をしている。

どうして男の人が嫌いなの……？

なにか理由があるの？

どうして、高野君の気持ちを否定するの？

信じようとしないの？

「なんでそんなに毛嫌いするの……？」

わたしにはわからなかった。

大石さんがどうしてそこまで男の人を嫌うのか。

「鈴峰さんには関係ないでしょ。男はしょせん裏切る生き物なんだから、利用するだけしてこっちからバッサリとフッてやるのよ」

それ以上なにも言えずに黙りこむ。

まさか、大石さんがそんなふうに思っていたなんて。

高野君を好きじゃなかったなんて。

「べつにバラしてもいいよ。バレたとしても、あたしは痛くもかゆくもないんだから。それを伝えたかっただけだから。じゃあね」

ひらひらと軽々しく手を振りながら、大石さんは呆然《ぼうぜん》と立ち尽くすわたしの横を通りすぎた。

「ま、待って……！」

わたしは無意識に大石さんの手をつかんだ。

今にも折れてしまいそうなほど、細くてやわらかい腕。

ビックリしたのか、大石さんの身体がビクッと跳ねる。

「わたしでよかったら……いつでも相談に乗るから」

「なにいい子ぶってんの？　言ったよね？　そういうのがいちばん嫌いだって」

「うん……知ってる。でも、なにかあったら遠慮なく相談してね」

「あたしの話聞いてた？　なにかあったとしても、鈴峰さんなんかに相談するわけないでしょ」

鋭い目つきでにらまれた直後、思いっきり腕を振りはらわれた。

「バッカじゃないの」

そう言いのこして、大石さんはスタスタと足早に去っていった。

気を悪くしたのかもしれないけど、一瞬だけ表情をこわばらせた大石さんのことが気になった。

はぁ。

だけどやっぱり、これだけ言われるとさすがのわたしでも傷つく。

でも、気になるしなぁ。

お節介な自分のこの性格をどうにかしたいよ。

「花梨ちゃん……よけいなことに首つっこみすぎ」

体育館裏の物影から顔をのぞかせたキヨ君が、やれやれと言いたげにわたしを見る。

「な、なんでキヨ君が……ここに？」

ビックリして目を見開くわたしをよそに、キヨ君はどんどん距離をつめてくる。

そして、あっという間にわたしの前に立った。

「大石さんと出ていく姿が見えたから、気になってあとをつけたんだよ」

心配してくれたんだ……？

「じゃあ……キヨ君も大石さんが言ったことを聞いてたんだね」

「聞いてたけど、べつに俺はどうも思わないよ。人それぞれ考え方は違うわけだし」

「…………」

キヨ君は、どうしてそう淡々としていられるんだろう。

高野君と仲がいいから、なおさら不思議だった。

「そのうちうまくいかなくなるんだから、ほっとけばいいじゃん。なんで大石さんと関わろうとするのかが俺にはわからない」

そう言われても……。

「大石さんの本性を見抜けない海斗にも、問題はあるわけだし」

「そ、れは……」

そうかもしれないけど。

でも……。

キヨ君は、なんでそんなに冷たいことが言えるの？

「高野君が傷つくんじゃないかって、心配なんだよ。キヨ君は心配じゃないの？」

「心配……ね。海斗が大石さんにフラれたら、花梨ちゃんが優しくなぐさめてあげなよ。そしたら、丸く収まるんじゃない？」

「そんなこと……できないよ。高野君は本気で大石さんが好きなんだから」

なんでそんなことを言うの？

わたしになぐさめてほしいだなんて、思わないはずだもん。
「そうかな？　単純な生き物だよ、男なんて」
キヨ君の言い方にトゲを感じる。
きっと、わたしが首をつっこむのをよく思っていないんだ。
ふたりの問題だから、わたしは部外者だってわかってる。
高野君のことも気になるけど……。
男の人を毛嫌いする大石さんのことも気になる。
高野君と仲がいいキヨ君なら、わたしの気持ちをわかってもらえると思ってたのに。
「キヨ君には、わたしの気持ちなんてわかんないよ。じゃあね」
なんでそんなに責められるような目で見られなきゃいけないのか納得できなくて。
ついつい、嫌な言い方になってしまった。
唇を噛みしめて押し黙るキヨ君の横を、拳をギュッと握りながら通りすぎる。
キヨ君はそれ以上なにも言わず、追いかけてくることもなかった。
わたしは……悪くないもん。
キヨ君が冷たすぎるんだよ。
高野君と仲がいいんだから、少しくらい心配してあげてもいいんじゃないの？
そりゃ、なにもしてあげることはできないかもしれないけどさ。

それでも友だちなんだから、味方してあげてもいいじゃん。

冷たいよ、キヨ君。


「花梨、おはよう」

教室に戻ると、すでに来ていた杏子がわたしに声をかける。

「どうしたの？　悲惨な顔しちゃって」

杏子が心配そうにわたしの顔をのぞきこんだ。

やっぱり杏子は、わたしのことならなんでもわかっちゃうんだなぁ。

「昨日からいろいろあって。なんだかうまく整理できない」

昨日は高野君に告白してフラれて……。

その帰りに大石さんのイケナイ現場を目撃してしまった。

朝から大石さんに呼びだされてあんなことを聞かされて。

キヨ君は無関心で『ほっとけばいい』だなんて冷たいことを言うし。

いろいろありすぎて頭がおかしくなりそうだよ。

失恋してツラいはずなのに、それを通りこして複雑な気持ちのほうが大きかった。

ふたりの幸せな姿を見ているのはツラいけど、うまくいかなきゃいいなんて思ったことはない。

傷心につけこむなんて、わたしにはできそうもないし。

高野君が本気で大石さんを好きなんだってわかるから、このままうまくいけばいいと思ったのも事実だった。

それなのに……。

「あ、杏子……わたし、まちがってるのかなぁ？」

もう、わからないよ。

キヨ君の言うとおり、ほっとけばいいと思う自分もどこかにいる。

具体的にどう動けばいいのかわからないし、わたしになにができるのかもわからない。

わたしが関わっていい問題じゃないってことはわかってるけど。

知ってしまったからには放っておけない。

あーもー！

自分でもこの性格が嫌になる。

でも、大好きな高野君のことだから……。

わたしは放っておけないんだ。

「なんのことを言ってるのかよくわからないけど、花梨の思うように行動してみたら？」

「思うように……？」

「どうせ、またよけいなことに首つっこんでるんでしょ？」

うっ。

杏子さん、よくわかっていらっしゃる。

「言ったって聞かないんだから、思うように行動して失敗するのもアリなんじゃない？」

「し、失敗するって……」

決めつけないでよ～！

「今まで花梨が関わって、ロクなことにならなかったじゃん」

ううっ。

たしかにね。

そのとおりなんだけど。

予鈴が鳴り、なんだか腑《ふ》に落ちないまま席に着いた。

ギリギリにキヨ君が来たけど、わたしは下を向いたままやりすごした。

わたしは……悪くないもん。

……たぶん。

キヨ君もとくに声をかけてくることはなかったけど、うしろから見ていてなんだかシュンとしているように思えた。

わたしのせいかな？

チクンと胸が痛む。

でも、でも。

「花梨ちゃん……プリント」

「えっ？　あ……ごめん」

どうやらプリントが配られていたようだったけど、全然気がつかなかった。

あわてて受けとろうとすると、キヨ君の手が指先にふれた。

その瞬間目が合って。

――ドキッ。

憂いを帯びた悲しげなその瞳を見て、ヘンに胸が鳴る。

「さっきはごめん。花梨ちゃんに言われて、ちょっと冷たすぎたかもって後悔したんだ」

どうすればいいのかわからなくて視線を外そうとすると、キヨ君が小さく口を開いた。

切なげに瞳を揺らして、どこか思いつめたような表情をしている。

「ううん……わたしこそごめんね」

キヨ君があまりにも無関心だから、どうしても納得できなくてついあんな言い方をしてしまったんだ。

高野君のことを心配してあげないから、冷たいなんて思っちゃった。

キヨ君なりに考えていることがあるのかもしれないのにね。

「俺、傷心につけこめって言ったけど……本当はそんなふうに思ってないから。ただ、あまりにも海斗を心配する花梨ちゃんにイラついておもわず……」

キヨ君がプリントを受けとったわたしの手をギュッと握る。

鼓動が大きく跳ねた。

「キ、キヨ君……?」

な、なんで手を……?

それに。

ホントはそんなふうに思ってないからって、どういうこと?

わたしが高野君を心配すると、なんでキヨ君がイラつくの?

うーん、わけがわからない。

どういうこと……?

「今、俺が花梨ちゃんの傷心につけこんでる。だから、これ以上花梨ちゃんの応援はしないから覚悟しといて」

「えっ……？」

わたしの傷心につけこんでる……？

覚悟する？

なんの？

わけがわからなくて首をかしげる。

だけど、キヨ君はプイと顔をそらして身体を前に向けた。

ますますわけがわからなかったけど、授業がはじまってしまったので聞き返すことはできなかった。

step＊4

複雑な心境

あれから三日後。

教室の中は、これまでとくになんの変化もない。

高野君は昼休みだけ教室にやってきて、ニコニコしながら大石さんに話しかけている。

それはもう、これ以上にないってくらい幸せそうな顔をしながら。

ジメジメして蒸し暑いっていうのに、高野君は元気だった。

高野君の笑顔を見るたびに、複雑な気持ちがこみあげてくる。

「花梨、見すぎ」

「へ？　あ……つい」

杏子が呆れたようにわたしに目をやる。

「まだ未練があるんだね」

「うーん。未練っていうか……ただ気になるだけっていうか」

ふたりでいるところを見ても、前ほど胸が苦しくなることはない。

吹っきれたのかどうかはわからないけど、どうしても高野君のことが気になった。

大石さんのことも気になるし。

見る限りでは、大石さんは高野君に対してふつうに受け答えしている。

「ラブラブだよね……?」

「へっ？ 高野と大石さんのこと?」

「うん……」

「だねー。高野の一方通行って気もするけど」

杏子が興味なさそうに答える。

「一方通行、か」

言われてみれば、そんな気がしないでもない。

高野君と一緒にいたら、優しさとか雰囲気にクラッときそうなもんなのに。

そんなに単純なものじゃないのかな。

高野君と付き合いはじめてから、大石さんはいつも一緒にいた友だちふたりと距離ができたようだった。

教室ではつねにひとりでいるし、移動教室の時も前まで一緒にいた子たちとは別行動をしている。

お昼は高野君が来るし、その周りには自然と人が集まるから浮いているってことはないけど。

それでも、クラスに仲のいい友だちはいなさそうだった。

大石さんはいつも毅然としてるから、たぶんなんとも思ってないんだと思う。

「ひゃあ！」

なななな、なに……⁉

突然頬にヒヤッとした冷たいものが当てられて、ビックリしておもわず叫んだ。

周りにいた子がチラッとわたしを見る。

ううっ。

「ぷっ。花梨ちゃん、ビックリしすぎ」

えっ？

「キ、キヨ君……」

キヨ君はヒヒッと笑いながら、手に持ったアイスをわたしにチラッと見せる。

ヒヤッとしたものの正体は、アイスだったってわけか。

「ドッキリ大成功〜！」

「もー！　子どもみたいなことしないでよ」

プクッと頬をふくらませる。

「ごめんごめん」

そんなふうに言いながらも、キヨ君は反省なんてまったくしていない。

かわいい笑顔がなんだか憎たらしい。

「清野って、思ったよりガキだよね。もっと大人びてんのかと思ってた」

机に頬づえをついたままの格好で、杏子がクスッと笑う。

「は？　俺、すっげえ大人じゃん」

「ありえない。ちょっかい出しすぎて嫌われないようにね～」

意味ありげにニコッと笑った杏子に、キヨ君はなんとも言えないような表情を浮かべる。

「ったく。かなわないなぁ、アンちゃんには」

なんて小声で言いながら、キヨ君は「はぁ」と小さくため息をついた。

「はいこれ。花梨ちゃんにあげる。半分こして食べなよ」

キヨ君は持っていたアイスを机の上に置くと、いつも一緒にいる友だちのところへ行ってしまった。

「い、いいの、かな？」

キヨ君のふわふわパーマを見つめる。

「いいんじゃない？　ヤツがくれるって言うんだし」

「じゃあ、遠慮なく」

「気がきくじゃん。パキッって半分に割れるのを選ぶなんてさ」

わ、本当だ。

わざわざ半分こできるアイスを買ってくれたんだ。

「キヨ君って、さり気なく優しいんだよね」

「愛されてる証拠じゃない？」

意味深にクスッと笑う杏子。

あ、愛されてる？

「そ、そんなわけないじゃん。わたしたちはただの友だちだよ。キヨ君は心配してくれてるだけなんだから」

そう。

傷心のわたしを心配してくれてるだけ。

そう思うと胸が苦しかったけど、考えないようにしてわたしたちはアイスを半分こして食べた。


放課後、学校の最寄り駅に着くと見覚えのあるうしろ姿が目に入った。

大石さん……？

めずらしいな。

電車通学だったっけ？

同じホームに立っているのを見て、ますます疑問がふくらんでいく。

今まで電車で見かけたことはなかったから、きっとどこかに出かけるんだとは思うけど……。

どこに行くんだろう？

離れた場所からちらちら様子をうかがう。

その時、アナウンスが流れてホームに電車が入ってきた。

やっぱり……電車に乗るんだ？

大石さんが乗車するのを確認してから、わたしは隣の車両に乗りこんだ。

大石さんをちらちら見ながら、なんだかストーカーになったような気分になる。

実際はただ家に帰るっていうだけなんだけど。

隣の車両にいるから、大石さんがこっちに来ない限り見つかることはないはず。

比較的空いている車内で、わたしは大石さんがどこで降りるのかを確認しようと思っていた。

「う、うそ……」

まさか、同じ駅だとは。

地元の最寄り駅に着くと、大石さんが電車を降りるのが見えてビックリした。

あわててわたしも降りる。

「鈴峰さん？」

うっ。

ギクッとして肩が揺れた。

大石さんがわたしに気づいて、眉をひそめながらまっすぐな視線を向けたままやってくる。

あきらかにわたしのことを不審に思っているような顔だった。

「こ、ここ！　わたしの地元だから……！」

けっして大石さんのあとをつけたとか、そんなんじゃない。

駅のホームで見つめ合うわたしたち。

正直、かなり気まずかった。

絶対、大石さんのあとをつけてきたって疑われてるよ。

そんなんじゃないのに。

「ふうん。鈴峰さんの地元なんだ？　だったらちょうどよかった。今から遊びにいこ」

「へっ……!?」

あ、遊びに……？

大石さんと？

ガードが解けたのか、大石さんはニコッと笑って機嫌よくわたしの腕を取る。

わたしたちはふたりきりでどこかに遊びにいくほど、仲がいいわけじゃない。

それなのに、どうしていきなり。

「いいからいいから。約束してた子が来れなくなって困ってたんだよね～！」

「で、でも……」

階段を上がって改札の前まで歩かされる。

「ほら早く。相手を待たせてるんだからね」

カバンから定期を出すのにもたもたしていると、先に改札を出た大石さんがわたしを急《せ》かした。

相手……？

ほかにも誰かいるってこと？

だったらなおさら、わたしはお邪魔じゃない？

なんて思いながら定期をかざして改札を抜ける。

「ね、ねぇ、わたしはいないほうがいいんじゃ……」

「いいから、早く行くよ」

――ガシッ。

再び腕をつかまれて、有無を言わさず歩かされる。

え、えー⁉

だいたい、一緒に遊びにいくなんてひと言も言ってないんですけど〜！

駅の中は結構広くて、出口も北と西がある。

いつも利用してる北口とは違う西口に向かって、大石さんは突きすすんだ。

西口のほうには大きな繁華街が広がっていて、ゲームセンターやカラオケ店もあってにぎわっている。

そのなかでも待ちあわせによく使われるスポットがあって、友だちと遊ぶ時なんかはよく使っているんだけど。

どうやら大石さんも誰かと、そこで待ちあわせをしているらしい。

丸い大きな噴水の前を、大石さんがぐるぐる歩きはじめた。

大きな駅なだけあって、待ちあわせをしているであろう人はたくさんいる。

その中でも高校生が圧倒的に多かった。

うわ〜。

ガラの悪そうな人たちもたくさんいるよ。

彼らは、大石さんを見ながらニヤニヤしている。

「かわいい」とか「声かけてみようぜ」っていう声が、あちこちから聞こえてきた。

大石さんにも聞こえているだろうけど、まったく反応せずに待ちあわせをしている相手を探しているようだ。

「あ、いた！　コウくーん！」
コ、コウ君……？
待ちあわせの人って……男子？

大石さんは、わたしの腕をつかみグイグイ引っぱりながら歩く。

前を見ると――。

げっ。

ガラの悪そうな男子高校生がふたり、こっちに向かって笑顔で手を振っていた。

制服をだらしなく着くずして、ふたりともかなり目立つ金髪。

「ちょ、ちょっと待って……！　聞いてないよ」

ムリムリ。

絶対ムリ！

一緒になんて遊べるわけないじゃん！

必死に大石さんの腕をつかんで引き止める。

「大丈夫だって。ああ見えて、ふたりともいいとこのお坊ちゃんだからさ。ほしいものとか食べたいものがあったら、遠慮なく言うといいよ」

クスッと笑う大石さんは、小悪魔のようだった。

「見た目はかなりビミョーだけど、そのぶんすっごい優しくしてくれるからさ。っていっても、あたしも今日が二回目なんだけどね」

わたしの耳もとで、大石さんは続ける。

「いやいや……そう言われても」

っていうか、すっごい失礼じゃない……？

見た目はかなりビミョーって。

優しくしてくれるからって、初対面なのにありえないんだけど。

「鈴峰さんも、少しは男慣れしなきゃ。大丈夫、ヘンなことはしない人たちだから」

「へ、ヘンなことって……」

当たり前じゃん！

っていうか、大石さんには高野君がいるのに。

この前の大学生っぽい男の人だって。

ほかにもいろんな人と遊んでたってこと……？

それって、やっぱりどうなの？

「お待たせ～！　ごめんね、遅くなっちゃって」

抵抗はもはや無意味に、わたしはズルズル引っぱられて男子たちの前に連れていかれた。

太陽に照らされた金髪がまぶしい。

「いいよいいよ。俺らも今来たところだし。なっ？」

ひとりの男子が、もうひとりの男子に目配せする。

「おう。寧々ちゃんと遊べるなら、いくらでも待てるし～！」

「わー！　ありがとう。コウ君とヨリ君って、相変わらず優しいよね～！　あ、今日は友だちの花梨も一緒なの」

大石さんはニコニコしながら、男子たちにわたしを紹介した。

しかも、ちゃっかり呼びすてだし。

「へ～！　初めて見る子だな。ちっちゃくてかわいいじゃん」

ニタニタ笑う男子を見て、背筋にゾクッとした悪寒が走る。

キヨ君に言われた時はドキッとしたのに、今はひとつもそんな気持ちがわきあがってこない。

「俺がコウで、こっちがヨリ。よろしく」

目の前の金髪男子が、片方の唇の端を上げてニヤッと笑う。

「……は、はぁ」

コウって人の顔に違和感を感じてマジマジ見てみると、髪は金色なのに眉毛が真っ黒で太くてやけに浮いていた。

剛毛っぽくて、今にもつながってしまいそう。

腕はさらに毛むくじゃらで、髪の毛とギャップがありすぎて不釣りあいだった。

ヨリって人はその逆で、のっぺらぼうのように薄い顔立ちをしている。

金髪だけがやけに目立っていて、顔は存在感がないくらいふつう。

「寧々ちゃん、今日はどこ行きたい？」

毛むくじゃらのコウ君が、ニタニタしながら大石さんの顔をのぞきこむ。

「うーん。なんだか疲れちゃったから、甘いものが食べたいな。花梨は？」

大石さんが首をかしげながら、わたしに目をやる。

かわいい仕草を見て、コウ君がさらに目を細めた。

「わ、わたしは……べつに」

正直、今すぐ帰りたい気分。

どうしてよく知りもしない人と、一緒に遊ばなきゃならないんだろう。

大石さんだって、わたしのことが嫌いなはずなのに。

「俺、パフェがおいしい店知ってんだよね。そこ行く？」

「うん、行きたーい！　コウ君っていろんなお店を知ってるから、一緒に遊んでると
すっごい楽しいんだよね〜！」

「寧々ちゃんのために、下調べしてんだよ」

「本当？　うれしい～！」

大石さんはキャッキャッとはしゃぎながら、コウ君と楽しそうに話している。

やっぱり、どこからどう見ても男の人が嫌いなようには見えない。

むしろ、コウ君を好きなんじゃないの？って思うほどいい感じに見えて複雑だった。

これじゃあ、コウ君だって期待するんじゃないのかな？

「ほらほら、行くよ～！」

この状況がまだ受けいれられずに呆然と立ちつくしたままのわたしに、すでに歩きだしていた大石さんが振り返って叫ぶ。

気が重くなりながらも、逆らうことができずにしぶしぶ足を進めた。

駅ビルの中に入ってエレベーターに乗り、やってきたのは最上階。

ヨリ君はわたしと同じであまりしゃべるほうではなく、大石さんとコウ君の会話に時々相槌《あいづち》を打っていた。

話に入っていけないし、共通の話題も見つからない初対面の人となにを話せばいいのかすらわからないわたし。

コウ君オススメのスイーツのお店に入ってからも、わたしは無言のまま。キョロキョロと店内を見回していた。

大人っぽくて落ちついた店内には、ゆったりした音楽が流れていて。

グランドピアノや壁に飾られている絵画なんかもオシャレ。

周りに高校生なんておらず、オシャレなＯＬや大学生しかいなかった。

なんだか居心地が悪いな。

本当、早く帰りたい。

なにがいいかと聞かれたけど、メニューから選ぶこともためらわれて、結局勝手に大石さんと同じものを注文された。

ふだんならスイーツは大歓迎だけど、このメンバーでパフェなんて食べられる気がしない。

「へ～！　コウ君のお父さんって、ＭＭ芸能プロダクションの社長なの？　すごーい！」

「有名な歌手とか女優が家に遊びにきたりするんだ。ＭＭで好きな歌手とか女優がいたら、サインもらっといてやるけど？」

「わー、うれしい～！　ありがとう～！」

コウ君が自慢気に鼻をすする。

ヨリ君とわたしは、反応せず聞き役に徹していた。

ＭＭプロダクションなんて聞いたこともないし、歌手や女優の誰が所属しているのかも知らない。

わたしが疎《うと》いだけなのかな。

途中で大石さんにトイレに行こうと誘われて席を立つ。

「はぁ。合わせるのも正直疲れる～！　鈴峰さんも話に入ってきてよね」

うらみのこもった目でじっと見られる。

「えっ⁉　ム、ムリだよ。わたし、MMプロダクションなんて知らないし……」

「あたしだって知らないわよ！」

えっ⁉

そうなの？

「はぁ」

大石さんが面倒くさそうに大きくため息をついた。

「自慢話ばっかでつまんないし、やっぱり来るんじゃなかったかな～！　パフェだけ食べたら、さっさと退散しようね」

そりゃ願ってもないことだけど。

そう簡単にいくの？

コウ君、絶対大石さんのことを狙ってるでしょ。

なんとなくだけど、ヨリ君はコウ君に付き合わされているだけのように感じた。

トイレから出ると、大石さんがスマホで誰かと電話していた。

「えっ？　今？　鈴峰さんとパフェ食べてるところだよ〜！　海斗は？」

――ドクッ。

電話の相手は高野君？

ドクドクと鼓動が速くなっていく。

固まったまま動けなかった。

「え？　キヨ君と一緒なの？　うーん。パフェ食べてからいろいろ行くところがあるし、今日は会えないよ。明日も家の用事があるからダメなんだ」

大石さんはわたしの視線に気づくと、クスッと笑った。

そして、人さし指を口もとにそっと当てる。

「明後日なら大丈夫だと思うけど、まだはっきりしなくて。キヨ君とカラオケにいるんでしょ？」

話の内容からすると、電話の相手はやっぱり高野君だ。

「楽しんでね、バイバイ」

大石さんはスマホを耳から離すと、サッとスカートのポケットにしまった。

「今なにしてるかって、いちいち電話かけてこないでほしいよね〜。説明すんのが面倒なんだけど」

ウソをついているというのに、大石さんはいっさい悪びれる様子はない。

平気でウソをついて、罪悪感とか感じないのかな。

高野君のことを考えると、なんだか胸が痛かった。

「高野君は本気で大石さんを好きなんだよ？　それなのに……」

やっぱり、こういうことをするのはよくないと思う。

「鈴峰さんって、ホント、いい子ちゃんだよね～！　利用できるものは利用しておかなきゃ、損するだけだよ？　まぁ、海斗は役に立たないけどさ」

「わたしは、損得感情で動いたりしない。そんなんじゃ心を許せる相手も見つからないよ？」

「そんな相手、あたしには必要ないもん。あたしが信じられるのは自分だけだし」

「そ、そんな……」

「信じてダマされたら、傷つくのはこっちなんだから。だったら、最初から信じないほうが身のため。だからあたしは、誰のことも信用してないの」

なんのためらいもなく言った大石さんは、まっすぐにわたしの目を見ている。

どことなく冷たいその瞳は、誰のことも受けいれないような……疑っているような瞳だった。

なんだかかわいそうな人。

そう思った。

「あんまり遅いと怪しまれるから、そろそろ戻ろう」

「わかった……」

席に戻ると、注文したパフェがきていた。

コウ君とヨリ君はコーヒーのみで、大きなパフェがドンとテーブルの上に二個置かれている。

「わ～！　おいしそう」

目を輝かせながら、大石さんが満面の笑みを浮かべた。

さっきまでの冷たい瞳は、もうどこにも見当たらない。

「寧々ちゃんってさ、マジで彼氏いないの？」

コウ君が隣に座る大石さんに問いかける。

わたしは複雑な気持ちを抱えたまま、何気なくスプーンでクリームをすくった。

「いないよ～。あたし、全然モテないから！」

「いやー、それはウソだろ」

「本当だって」

大石さんにとって、高野君はただ利用する人でしかないの？

そんなのって、あんまりだよ。

だけど、わたしにはどうすればいいのかわからない。

「ねー、番号教えてよ」

「へっ……⁉」

わ、わたし……？

なんで？

わたしの隣にいるヨリ君が、ポケットからスマホを出してわたしに向ける。

「早くしろって」

糸みたいに細い目が、鋭くわたしをとらえてなんだか怖い。

唇を真横に結んでニコリともせず、無愛想以外の何者でもない彼。

なんでそんなにえらそうなのよ〜！

「ちょっと……今日はスマホを家に忘れちゃって」

教えたくないからウソをついた。

もうこれ以上、関わりたくもない。

「ふーん。面倒くせーから、じゃあいいや」

「………」

め、面倒くさい……？

眠そうにあくびをしたヨリ君と話したのは、これが最初で最後だった。

あとはひたすら、コウ君と大石さんの会話を聞いていた。

気まずい雰囲気のなか、再びトイレに立ったわたしは何気なくスマホを見て唖然とする。

なんでこんなに着信が……？

相手を確認すると――。

「キ、キヨ君……？」

どうして？

わたしはすぐに電話をかけなおした。

「花梨ちゃん？」

「う、うん。どうしたの？」

顔は見えないというのに、声だけで焦っているんだということがわかる。

なにかあったのかな……？

「どうしたのじゃないだろ。大石さんとなにしてんの？　っていうか、今どこ？」

「えっ……？」

なにしてるかって……それは。

とてもじゃないけど、キヨ君に本当のことを言えるわけがない。

かといって、なにしてるかってほかに言いわけも思いつかないし。

「パ、パへ……じゃなくて。パフェ食べてる……よ」

ウソじゃないよね。

本当のことだもん。

ただ、コウ君とヨリ君が一緒なことはうしろめたさがあるから言えなかった。

大石さんを止めることができなかったわたしにも責任はあるわけだし。

「ふーん。ふたりきりで？」

どことなく低くなったキヨ君の声。

悪いことをしているという意識があるせいか、いつも以上にドキッとしてしまう。

「そ、それは……違う、けど。ほかの友だちも一緒……」

「ほかの友だちって男？」

「ええっ……!?」

な、なんでわかったの？

「花梨ちゃんの反応、バカ正直すぎ。ったく、なにやってんだよ。だいたい、たいして仲良くない大石さんといるって聞いた時点でおかしいと思ったんだ」

ううっ。

「ご、ごめんなさい……」

本当、わたしはなにをやってるんだろう。

これじゃあ、高野君を苦しめてるのと同じじゃん。

大石さんを止められなかったあげく、一緒になって男子と出かけるだなんて。

やっぱり、もう帰ろう。

キヨ君にしつこく居場所を聞かれ、わたしは観念して素直にしゃべってしまった。

そのあとすぐに電話は切れ、わたしは意を決して席へと戻った。

「大石さん、やっぱり帰ろう！」

「な、なに言ってんの？　ちょ、離してよ」

「いいからっ」

わたしは大石さんの腕を引っぱって立たせる。

そしてお財布から出した千円札二枚をテーブルの上にそっと置いた。

「わ、わたしたちはこれで帰ります……！　さようなら！」

「ちょっ……なに勝手なこと言ってんのよ」

わたしの腕を振りはらおうとする大石さんを押さえながら、力任せにグイグイ引っぱった。

コウ君とヨリ君はポカンとしながらその光景を見ており、お店を出たあとも追いかけてくる気配はない。

ドキドキ緊張しながら駅ビルの一階まで来ると、繁華街に抜ける出口から外に出た。

「ちょっと。いきなりなんなのよ」

キッとわたしをにらみつける大石さん。

「さっき……帰りたいって言ってたじゃん。わたしも帰りたかったから」

「だったら、ひとりで帰ればよかったでしょ？　せっかく、これから買い物に行こうって話になってたのに」

イヤミっぽくわたしに言い、大石さんはプイと顔をそらした。

「でも、ひとりじゃ怖かったんでしょ？　だからわたしを誘ったんだよね……？」

「は、はぁ……？　怖いわけないでしょ」

わたしは大石さんの肩がビクッと揺れたのを見逃さなかった。

「だったら、なんでわたしを誘ったの？」

わたしがいなくてもよかったんじゃないの？

まぁ、人数が合わないからと言われたらそれまでなんだけど。

「ただの気まぐれに決まってるでしょ！　言いがかりはやめてよ」

「大石さんが人を信用できなくなっちゃったのはどうして？」

気になりだすと、確かめるまで納得できないわたし。

それがきっと、よけいなお世話だと言われるんだろうけど。

「あーもう！　しつこいなぁ。二年前にうちの父親が、愛人作って出ていっちゃったからだよ！」

えっ……？

父親が出ていった？

「それまで本当にいい父親だったから、お母さんもあたしも妹もショックでしばらく立ちなおれなかったの。ただそれだけのことだよ」

「………」

ただそれだけのこと……。

大石さんは何事もないように淡々と言ったけど、わたしにはそうは聞こえなかった。きっと今も、大石さんはお父さんのことを頭の片隅で引きずっているんだ。

「だからあたしは、男なんて信用してないの。利用するだけ利用して、こっちから捨ててやる。男なんて、この世から消えちゃえばいいのに」

固く握りしめた大石さんの拳がプルプル震えている。

それほどまでに、お父さんのことが許せないんだろう。

だからって、矛先をほかの人に向けるのはどうかと思う。

「どう？　これで満足でしょ？　シラケちゃったから今日は帰る。じゃあね」

大石さんはわたしの顔を見ることなく、繁華街の中を駅のほうに向かって歩きだした。

俺だって、男だよ？

呆然と立ちつくすわたしの前に、キヨ君が駆けよってくるのが見えて我に返った。

「花梨ちゃん！」

「キ、キヨ君……」

なんでここに……？

疑問を感じつつ、右往左往しながらキヨ君を見つめる。

キヨ君はあっという間にわたしの目の前までやってきた。

「はぁはぁ。大石、さんは……？」

トレードマークのゆるふわパーマが乱れて、額には汗が浮かんでいる。

苦しそうに呼吸をするキヨ君は、相当急いでここに来たらしい。

「さっきまで一緒だったけど、帰っちゃったよ」

キヨ君は高野君と一緒だったんだよね？

それなのに、どうして？

「一緒にいた男は？」

落ちついてきたのか、キヨ君の呼吸がもとに戻ったようだ。

そして、鋭くわたしをにらみつけた。

ドキリと鳴る鼓動。

キヨ君はたぶん、怒っているんだ。

なんてことをしてしまったんだと罪悪感が大きくなる。

あれだけ高野君を傷つけたくないと言っておきながら、わたしにはどうすることもできなかったんだもん。

ふたりのことは本人たちにしか解決できない。

キヨ君の言うとおりだった。

だから怒るのもムリはない。

キヨ君にこんな顔をさせてしまっている自分が、情けなくて仕方なかった。

「聞いてんのかよ?」

「え……?　あ、うん」

よりいっそう鋭く険しくなったキヨ君の顔。

目を合わせることができずに下を向く。

「男の人たちはまだお店にいると思う。わたしは、大石さんを引っぱってお店を出たから」

「ふーん」

「………」

トゲのある態度に身が縮こまる。

うつむいた視線の先にはキヨ君の手があった。

わたしは無意識にそれをギュッと握る。

その瞬間、ビクッと大きくキヨ君の身体が揺れた。

「ご、ごめんね……わたしが悪かったから、怒らないで」

おそるおそるキヨ君の顔を見上げる。

すると、キヨ君がギュッと手を握り返してくれた。

みるみるうちに赤くなるキヨ君の顔。

「はぁ。マジでカンベンしてよ……」

「えっ……？」

どういう意味？

「花梨ちゃん、それ無意識だろ？」

「そ、それって……？」

わけがわからなくて思いっきり首をかしげる。

「そうやって手を握って、涙目で人の顔を見上げるの」

「えっ……？　そんなことしてないよ」

手を握ったのは認めるけど。

「いやいや。思いっきりしてるから」

「………」

なんだか恥ずかしくなって手を離そうとしたけど、キヨ君は離してくれなかった。

「俺にするぐらいだから、誰にでもしてるんだろ？」

「えっ？　し、してないよ。キヨ君は友だちだから」

心を許してるから、ついつい杏子と同じ感覚で接しちゃうんだ。

無意識とはいえ、ためらうことなくふれることができたのには自分でもビックリだけど。

「ふーん。友だち……ね。けどさぁ」

今度は手首をつかまれて、思いっきり引きよせられた。

あっという間にキヨ君の腕と胸にスッポリ包まれる。

「キヨ……君？」

鼓動が激しく騒ぎたて、心臓がはちきれそう。

「俺だって、男だよ？」

耳もとでささやく声が聞こえた。

ドキドキと高鳴る鼓動が、やけに苦しい。

わたしの身体を包む腕も胸板も、全部が全部かわいくて男らしいキヨ君のもの。

やけに力強くて、こんな状況なのに、キヨ君の中に改めて男を感じてドキドキが止まらない。

ど、どうしよう……。

なんでこんなにドキドキするんだろう。

友だちだって思ってたはずなのに。

「俺、花梨ちゃんのことが好きだし。こんなことされたら期待するんだけど」

えっ……？

す、好き……？

あ。

友だちとしてってことだよね？

それしか考えられないよ。

「わ、わたしも……キヨ君のことが好きだよ」

だってキヨ君は、わたしの大切な友だちだから。

ずっとずっと、キヨ君とは仲良しでいたいと思ってる。

「はぁ……。花梨ちゃんって、マジでバカだな」

「え……？　バ、バカ？」

「うん。マジでバカすぎる」

ううっ。

なにもそこまで言いきらなくても。

わたしだって、傷つくんだよ？

自分でもバカだって自覚はしてる。

だけど、そんなに何回も言わなくても。

そういえば、高野君はキヨ君を腹黒王子って呼んでるんだっけ。

なんとなくその気持ちがわかるかも……なんて。

「はぁ」

なぜだかわからないけど、さっきからため息ばかりつくキヨ君。

「まぁ、そういうとこも好きだからいいんだけどさ」

「え？」

バカなところも好きってこと？

うれしいような、うれしくないような。

「わたしだって……キヨ君のかわいいところも好きだよ」

コンプレックスを感じているみたいだけど、わたしはキヨ君のそんなところも好き。

「はぁ？　全然うれしくないし。花梨ちゃんって、本当にバカ」

うっ。

そんなバカバカって何回も言わなくても。

「俺が言いたいのは、ライクのほうじゃなくて……っ」

キヨ君が呆れたように言いかけた――その時。

「キヨ！　鈴峰！」

キヨ君の腕の中で、駅ビルから出てくる高野君の姿が見えた。

わたしは無意識にキヨ君の胸を押し返し、キヨ君から離れる。

その時一瞬だけ見えたのは、眉を下げたキヨ君の悲しげな顔。

な……なんで。

そんな顔を。

「鈴峰、寧々ちゃんと一緒だったんじゃねーの？」

高野君に聞かれて、ヒヤッとさせられた。

たしかに一緒だったけど、本当のことなんて言えるはずがない。

「え？　あ……うん。さっきまで一緒だったけど、帰っちゃったよ」

「マジかよ。まさか近くにいたとはな。寧々ちゃんも、連絡してくれたら迎えにいったのに」

ひとりごとのようにブツブツ言う高野君に、罪悪感でいっぱいになっていく。

「キヨがあわてて出てくから何事かと思えば……おまえら、実はデキてるとか？」

ニヤッと笑いながら、高野君がキヨ君の脇腹を肘で小突く。

わ、わたしとキヨ君が……⁉

「そんなんじゃねーし」

キヨ君は高野君をスルリと交わした。

そして、なぜかさっきと同じように悲しげな顔をしてみせる。

キヨ君……。

高野君にからかわれたことよりも、今のキヨ君の表情のほうが気になった。

なぜかと聞かれたら、それはわからない。

「ウソつけ。さっき抱きあってたくせに」

「見まちがいだろ」

「はぁ？　なわけねーし」

高野君は全然納得していないようだった。

さっきの光景を見られたんじゃ当たり前か。

高野君に告白してそんなにたっていないけど、高野君は今までとなにも変わらずに接してくれる。

高野君も、キヨ君と同じく優しいんだと思う。

だけど。

大石さんのことを知っちゃったら、きっと傷つくよね。

わたしには本当にどうすることもできないのかな。

そう考えると、悔しくて不甲斐なさを感じる。

「俺は帰るから、キヨは鈴峰を送ってやれば?」

意味深に笑いながら、高野君はわたしたちに向かって大きく手を振った。

「バ、バイバイ……っ」

「おう。じゃあな!」

ニヒッと笑う高野君をぼんやり見つめ、その背中を見送った。

「行こ。送ってくから」

「えっ……? ちょ、キヨ君……っ」

グイッと腕を引かれて足がもつれそうになる。

それでもキヨ君は、速度をゆるめずに駅のほうに向かって歩いていく。

キヨ君の横顔はすごく悲しげで、わたしはそれ以上なにも言えなかった。

つかまれた腕が熱くて。

ただ、ドキドキしていた。

高野君……大丈夫かな。

さっきも大石さんに会いたかったみたいだし、相当好きってことだよね。

態度見てたら丸わかりだし。

駅の反対側に移動したわたしたちは、並んで歩道を歩いていた。

キヨ君の横顔をチラッと盗み見る。

すると、思いっきり目が合った。

――ドキン。

「そんなにあいつのことが気になる？」

つかまれた腕にグッと力がこもる。

「えっ……？」

あ、あいつって……高野君のこと？

「さっきからそんな顔ばっかしてる」

「…………」

そりゃ、気になるよ。

でも、それは――。

「そんなにあいつがいいの？」

険しく眉を寄せるキヨ君は、冷ややかな目でわたしを見下ろす。

悪いことはしてないはずなのに、そんな目で見られると悪いことをしてる気になってドキッとしてしまう。

なによりも、ただならぬ様子のキヨ君にとまどうばかり。

「あいつのどこがそんなにいいの？　顔？」

「ち、違うよ……」

キヨ君はどうしてそんなに怒ってるの……？

わかんないよ。

「じゃあなに？」

ピリッとした重苦しい空気が漂って、わたしはなにも言い返すことができずにうつむく。

なにって言われても。

「……わかんないよ」

高野君のことは気になるけど、好きだから気になるのかな。

それとも……ただ心配なだけ？

自分の気持ちがよくわからない。

そこに恋愛感情があってもなくても、高野君が傷つくのだけは嫌なんだ。

「俺、花梨ちゃんと友だちでいる気はないから」

力強くてまっすぐなキヨ君の瞳が、射抜くようにわたしを捉える。
大きくて茶色い瞳に吸いよせられて、目が離せない。
明るい茶髪のゆるふわパーマが、風になびいて揺れていた。
「ど、どういう、こと……？」
友だちでいる気はないって……なんで？
わたし……キヨ君に嫌われるようなことをなにかしちゃったのかな？
今まで心を許せる相手だと思っていたのに、突然そんなふうに言われるなんて。
ショックだった。
喉の奥がカーッと熱くなって、胸がえぐられるように痛い。
涙がジワッと浮かんできた。
「言ったじゃん。俺だって、男だって」
キヨ君はゆっくりわたしの耳もとに唇を寄せてささやく。
その声がやけに色っぽくてドキッとした。
だけどわたしには、キヨ君の言葉の意味がわからない。
わたしのことが嫌いなんだよね？
だから、友だちでいる気はないなんて言ったんでしょ？
それなのに……。

わたし、なに赤くなってんの……⁉

ショックなはずなのに、こんなのおかしいよ。

涙は徐々に引いていった。

代わりに大きく鳴りはじめる鼓動。

キヨ君の一挙一動に振りまわされてる自分が、本当によくわからない。

「花梨ちゃん」

ただ名前を呼ばれただけなのに、胸の奥がザワザワして落ちつかない。

それはきっと、こんな近くにキヨ君の顔があるせいだ。

耳にかかる吐息に、全神経が集中する。

ほのかに漂う甘い香りが、よけいにドキドキを大きくした。

「海斗のことばっか考えないでよ」

「え……？」

おそるおそるキヨ君の顔を見上げる。

そこには、まっすぐにわたしを見つめるキヨ君の顔があった。

目の前に大きく映しだされる男らしく整ったその顔に、ドキドキが加速する。

キヨ君って……こんなに男の子らしかったっけ？

身体の線だって、もっと細いと思ってたのに。

腹筋や腕にわりと筋肉がついてるし、当たり前だけど手だってわたしよりはるかに大きい。

そのあとは無言のまま、キヨ君に引っぱられるようにしてうつむきながら歩いた。

ドキンドキンと高鳴る鼓動を聞きながら。

ホントの気持ち

それから約一週間。

あれ以来大石さんとの間にはなにもなく、高野君と大石さんも一見何事もなさそうに接している。

「清野〜、四組の女子が呼んでる〜！」

教室のドアの近くに座っていた男子が、キヨ君に向かって叫ぶ。

「りょーかい」

わたしの目の前に座っていたキヨ君が、ゆっくり立ちあがってドアのほうへ向かった。

気になって見ると、小柄でかわいらしいショートカットの女の子が目を潤ませながら頬を真っ赤に染めていた。

目が大きくてチワワみたいなかわいい女の子は、キヨ君と並ぶとすごくお似合いで。

なんだかモヤモヤする。

キヨ君のことが好きなの……？

だったら、やだな。

キヨ君も……なんで笑顔で話してるの？

——ズキン。

なぜか胸が痛い。

そんなに楽しそうにしないでよ。

「気になる？　清野のこと」

杏子に顔をのぞき込まれてハッとする。

わたしったら、ついキヨ君のことをガン見しちゃってた。

それほど、キヨ君がほかのクラスの女子と話すのはめずらしい光景だった。

「うん……キヨ君、女友だちいたんだね」

みんなから憧れられる存在で、見た目でしか判断してもらえないって言ってたから、てっきりいないもんだと思いこんでいた。

「清野は誰もが認める王子様だからね〜。モテるし、華やかな人に囲まれるのは当然だと思う。女友だちのひとりくらいはいるでしょ」

「うん……だよね」

なに今さらショックなんか受けてんのよ、わたし。

わかってたことじゃん。

わたしとキヨ君じゃ、住む世界が違うって。

「なーに落ちこんでんのよ！　大丈夫だって！　花梨、清野に愛されてるんだしさ」

背中をパシンと叩かれる。

「そ、そんなわけないよ。わたし……キヨ君に友だちでいるつもりはないって、はっきり言われちゃったし」

思い出すと胸が痛む。

わたしはキヨ君の友だちにすらなれないんだ。

だったら……わたしはいったいなに？

怖くてキヨ君に確かめることができない。

友だち以下だって言われたら、もう立ちなおれないもん。

「へえ。清野がそんなことを言ったんだ？　やるじゃん」

杏子が意味深にニコッと笑う。

やるじゃんって言われても、わけがわからないよ。

それでも、杏子はニヤニヤ笑うだけで教えてくれなかった。

「さっきの子、清野の友だち？　かわいい子だね」

話しおわって戻ってきたキヨ君に、杏子がからかうように声をかける。

あ、杏子ったら、なに聞いてんのよ～！

でも気になったから、わたしはドキドキしながら返事を待った。
「ん？　ああ、小学校の時からの友だちだよ」
友だち……か。
あの子はキヨ君の友だちで、わたしは違う……。
いったい、そこにどんな差があるっていうの？
負けた気がしてショックだった。
「へえ。あの子、清野のことが好きなんじゃないの～？」
「うーん。前にそれっぽいこと言われたけど、今は違うと思う」
えっ……？
——ズキッ。
前にそれっぽいことを言われた？
そっか。
モテるもんね。
そりゃ、告白だってされるよね。
だけど、前に告白されたことはあんまりないって言ってたのに。
あれはただその場だけの話だったの？
親しい女友だちはわたしだけだって……前に言ってたじゃん。

キヨ君のことがわからないよ。
なんだかモヤモヤが大きくなった。
黒い影が心をおおって、深い闇に飲みこまれていくみたい。
なぜだかわからないけど、切なさが胸に押し寄せる。
わたし以外の女の子と、仲良くなんかしないでよ。
笑顔を見せないで。
楽しそうにしないで。
話したこともない女の子に、わたしはすごく嫉妬《しっと》した。
独占欲まるだしのこんな自分を、わたしは知らない。
なにこれ。
なんで……？
「花梨ちゃん？」
「へっ……？」
キヨ君を前にすると、とたんに心臓が激しく高鳴りはじめる。
あまりにも大きな鼓動に、左胸を手でギュッと押さえた。
どうか……この胸の高鳴りがキヨ君に聞こえていませんように。
ねぇ……どうして？

なんでこんなにもドキドキするの？

顔が熱くて、真っ赤なのがわかった。

今まで友だちだと思っていたからそこまで意識していなかったけど、キヨ君の中の男を見せられたあとから、わたしの中でなにかが変わった。それがなにかって、はっきりとはわからないけれど。

「またボーッとしてんの？」

目の前でキヨ君がクスリと笑った。

その笑顔に、さらに胸が高鳴る。

「う、ううん……っ！　キヨ君、女友だちいたんだなぁって」

身振り手振りでなんとかごまかす。

キヨ君にドキドキしてたなんて、絶対に言えないよ。

「え？　ああ、まぁね」

ニコッとはにかみながら言うキヨ君。

やっぱり、友だちだって認めるんだ。

「じゃあ……わたしは？」

友だちじゃなかったら……いったいキヨ君のなに？

「え？」

意味がわからないというように、キヨ君は首をかしげた。

目をまん丸く見開いて眉を寄せている。

「あ、ううんっ！　なんでもないから、気にしないで」

へへっと愛想笑いでごまかして目をそらした。

これ以上話していると、さっきの子に対して醜い気持ちばかりわきおこる。

わたし……こんなに性格が悪かったんだ。

なんだかショックだよ。

ドヨーンと沈んでしまい、なんだか自己嫌悪。

はぁ。

「なんか今日の花梨ちゃんヘンだよな」

「えっ？　そ、そんなこと、ないよ……！」

「ふーん」

キヨ君は不服そうにしながらも前に向きなおった。

「花梨って前もそうだったけど、ホントわかりやすいよねー！　かわいい！」

杏子に肩をつかまれる。

わかり、やすい？

「なにが？」

「自覚してないところがまたかわいいよね！」

「意味がわからないよ」

「自分の気持ちと、きちんと向きあいなよ」

杏子はそんな意味深なことを言って席へ戻っていった。

自分の気持ちと向きあいなって。

なにそれ。

だけど、なんとなく言ってることはわかった。

今のわたしは、高野君よりもキヨ君のことが気になってる。

この前まであんなに好きだったはずなのに、胸の中にいるのはまちがいなくキヨ君で。

わたし……高野君を忘れてキヨ君を好きになったの？

わからない。

でも、だとしたら変わり身の早さに自分でも呆れる。

わたし……こんなに軽い女だったの？

あー！

もう。

「はぁ」

ますます自己嫌悪。

人のことよりも、自分のことがいちばんよくわからないよ。

先生に目をつけられていたと思った英語の授業で、前に座るキヨ君ばかりを目で追ってしまう。

前に座ってるわけだから、見上げたらいるわけなんだけど。

今まですごしてきた時間の中で、キヨ君のことをたくさん知った。

キヨ君は基本、授業では寝ない。

いつもピシッと姿勢がよくて、スラスラ手を動かしながらノートを取っている。

男の子なのに字が綺麗だし、机の中もきちんと整頓されてて意外と綺麗好きらしい。

宿題や教科書の忘れ物をしたこともないし、遅刻や欠席もなし。

体育の授業でバスケやサッカーをやる時は、いつも目立ってリーダーシップを発揮している。

容姿端麗、成績優秀、運動神経よし。

なんなのコレ。

今さらだけど、欠点なんてひとつもないじゃん。

おまけに優しいし、クラスメイトからの信頼も厚い。

かわいくて、カッコよくて、王子様で。

ゆるくてふわふわしてるのに、怒ると怖くて。

たまーに意地悪で頑固なところもある。

歯の浮くようなセリフも言ったり、実はいろんな顔をもっている。

高野君からは、腹黒王子様なんて呼ばれちゃってるし。

イタズラッ子のように笑う顔が脳裏に浮かんで、鼓動がトクンと跳ねあがった。

この気持ち、知ってる。

高野君を好きだった時と同じだ。

ううん、でも……違うよ。

そんなわけない。

頭を横に振って机に突っぷす。

それ以上はなにも考えないようにした。

不思議なもので、考えないようにすればするほど、見ないように気をつければ気をつけるほど、キヨ君の行動がすごく目につく。

体育の授業中、走り幅跳びの順番を待っている最中にも、わたしの目はキヨ君の姿を捉えていた。

体育は二クラス合同で行われるため、隣のクラスの女子と男子も一緒。授業内容は男女別で、男子はマラソンをしていた。

キヨ君は何人かの男子たちとふざけあいながら、二周目にさしかかったところ。その中には高野君の姿もあった。

「花梨、なにボーッとしてるの。スタートしなきゃ」

「え？　あ」

我に返ってハッとする。どうやら順番がまわってきていたらしい。

やばっ、キヨ君に見惚れてる場合じゃなかった。

「次の人、早く」

「は、はいっ！」

先生に急かされてあわててスタートしたのはいいものの、ヘンに力が入りすぎて足がもつれる。

そのまま数歩進んだところで、前のめりにバランスを崩した。

わ！

倒れる！

そう思ったのと同時に、地面に激突したのはほぼ同じ。

ドサッという音があたりに響いた。

い、痛い……。

「あは、なにあれ」

「痛そう」

女子たちがクスクス笑う声が聞こえて、恥ずかしさでいっぱいになる。

うう、カッコ悪すぎるよ。

手をついてゆっくり起きあがると、女子だけじゃなくて外周を走っている男子までもがわたしを見て笑っていた。

さらに恥ずかしくなっておもわずうつむく。

「花梨ちゃん！」

ザッザッとこっちに向かってくる足音が聞こえる。

「大丈夫？」

頭上から声がして、影が落とされる。

「ケガしてない？」

しゃがみこみ、心配そうに顔をのぞきこんでくるキヨ君。

みんな笑っているというのに、キヨ君だけは違う。

「だ、大丈夫だよ」

「大丈夫じゃないって。ここ、擦りむいてる」

「え？　どこ？」

キヨ君の腕がスッと伸びてきて、指先が左の頬に触れる。

──ドキン。

「ここ、赤くなってるよ。痛い?」

「う、あ、えと……」

若干ピリピリはするけど、今はそれどころじゃない。

キヨ君にふれられているところが、ものすごく熱い。

身体中の神経が、そこに集中しているんじゃないかっていうほどだ。

なに、これ。

「花梨ちゃん?」

「へっ?」

「とりあえず冷やしたほうがいいよ」

「あ、う、うんっ! 保健室で氷もらってくるね」

勢いよく立ちあがると、わたしは逃げるようにそこを離れた。

途中で杏子も心配して声をかけてくれたけど、頬以外にケガをしているところはなかったので、とりあえず大丈夫だということを伝えた。

でも……。

保健室で氷をもらって左の頬を冷やしてみても、いっこうに熱は引いてくれなくて。

体育が終わって着替えて教室に戻ると、わたしに気づいたキヨ君が駆けよってきた。

「よかった、傷になってなくて」

わたしの頬を見て安心したように笑う。

「女の子の顔に傷が残ったら大変だもんな」

「う、ん。そうだね」

「はい、これ」

「え？」

「冷やす用にと思って買ったんだ。アンちゃんと半分こして食べて」

友だちじゃないと言いながらも、傷の心配までしてくれて、そのうえ、アイスまで用意してくれる優しいキヨ君。

女の子として見てもらえていることが、なんでだろう。すごくうれしい。

傷は残っていないはずなのに、キヨ君がふれた左頬に熱が蘇ってジンジンする。

なんなんだろう、これは。

step＊5

風のウワサ

六月も終わりに入って、梅雨明け間近という頃。

「大ニュース‼」

放課後、隣のクラスの前を通りかかった時、そんな声が聞こえてふと足を止めた。

去年同じクラスだったウワサ話が大好きな女子が、目を輝かせながら得意気に鼻をすすっている。

教室に残っていた女子たちは、何事かとその子の周りを取りかこんだ。

「さっき体育館裏で、高野君と大石さんが別れ話してるの聞いちゃった！」

えっ……？

別れ、話？

ドキリとする。

「しーかーもー！　フッたのは高野君じゃなくて大石さんっ‼」

机をバンバン叩きながら、まるで大スクープを撮ったみたいに大げさなリアクションをしている彼女。

「さーらーにーー！　なんとっっ‼」

　ここからが本番だよとでもいうように、もったいぶって溜めるところなんかはさすが話しなれているだけはある。

「原因は大石さんの浮気らしいよ〜！　その現場を高野君が目撃したんだって‼」

「えーー！　なにそれ。高野君、かわいそう」

「大石さんって、色白のかわいい子でしょ？」

「高野君と付き合って浮気するなんて最低っ！」

　わたしは足を止めたまま動けずに、ヒートアップする陰口を聞いていた。

　いつかはくるだろうと思っていた時が来た。

　それも、高野君に目撃されるっていういちばん現実になってほしくなかったパターン。

　宣言どおり、大石さんは高野君をフッたんだ？

　……高野君。

　今頃、傷ついてるかな？

　大丈夫……？

　わたしは棒みたいになった足を必死に動かして、体育館裏まで走った。

　だけど、体育館裏には高野君の姿はない。

息が上がって、額からは汗が流れおちた。
わたしなんかが行ったところで、どうにかなるような問題じゃないけど。
それでもやっぱり、高野君のことは放っておけない。
だって、それはやっぱり。
わたしにとって高野君はすごく特別な人だから。
わたしに恋を教えてくれた特別な人。
今でも好きなのかと聞かれたら、それはわからない。
だけど前みたいに胸が苦しくなったり、涙があふれてくることはなくなった。
ただ高野君の幸せを、わたしは心から願ってるんだ。
いつまでも笑っててほしい。
そう思うのは、当然のことでしょ?
それからあちこち探しまわったけど、高野君の姿はどこにもなかった。
もう帰っちゃったのかも。
校舎から離れた焼却炉まで来たところで、足を止めた。
裏庭に植えられたツツジは、見事に全部散っていて。
なんだか、すごくさみしく思えた。
次の日もその次の日も、学校内は高野君と大石さんが別れたというウワサ話でもちきりだった。

どうやらウワサは本当だったようで、あれから高野君はパタリと教室に来なくなった。

大石さんはとくにダメージを受けている様子はない。

だけど今日も、大石さんは相変わらずひとりだ。

昼休みに高野君が来なくなってから、よけいにそれが目立つようになった。

まぁでも、最近は大石さんは昼休みに入るとすぐに教室を出ていっちゃうんだけど。

「ちょっといいかな？」

大石さんが出ていこうとしたのを見計らって声をかける。

今日は杏子が風邪で休みだから、ちょうどよかった。

「なに？」

無表情でわたしを見つめる大石さん。

その目はとても冷たいのに、なぜだかさみしげに見えた。

「よかったら一緒に食べない？　この季節、中庭が結構穴場なんだよね」

「なんであたしなの？」

ニコッと微笑むわたしに、大石さんはズバッときつく言い返してくる。

「わたしもひとりだし、さみしいからさ」

大石さんは、わたしの言葉に目を大きく見開いた。

そして、バカにしたようにフッと笑う。

「鈴峰さんって、ホントよくわかんない。っていうか、相当変わってるよね。ふつう、あたしの本性知ったら引くでしょ？」

呆れたように言って席を立った大石さんは、カバンからお弁当が入った袋を取りだす。

「ムカついたけど、引いたりはしないよ」

「バッカじゃないの」

「そうかもね」

自分でもそう思うよ。

「まぁ、そのバカに付き合うのも悪くないかもね」

バカバカって、そんなに連呼しなくても。

見た目からは、ズバズバ言うタイプだってことが想像できないからギャップがありすぎる。

だけど、今の大石さんのほうが素で話してくれている気がした。

雲ひとつない快晴の空の下、中庭の木陰のベンチに並んで腰を下ろす。

大石さんはさっきから一点をじっと見つめたまま、ぼんやりしている。

沈黙がなんだか気まずかった。

「海斗のことで話があったんじゃないの？」

はぁとため息をついたあと、お弁当箱を袋から出して、横目にわたしを見る大石さん。

ピンクの小さなお弁当箱が膝の上に乗せられる。

「うん、それもあるけど。大石さんは、本当に高野君を好きじゃないの？」

わたしは、手にしていた水筒をギュッと握りしめた。

「まだそんなこと言ってんの？　好きじゃないって言ってるでしょ。顔のいい男は嫌いなんだってば」

冷ややかなその目は、うそをついているようには見えない。

「でも、楽しそうに話してる時もあったじゃん。いつもうっとうしかったわけじゃないんでしょ？」

嫌そうには見えなかったよ？

ホントに嫌いなら、いくらなんでも相手に合わせようとまではしないはず。

遊園地に行ったり、一緒にお昼休みをすごしたりしないよね。

「まぁ、一緒にいる時は楽しかったからね〜。あたしに気をつかってんのか、ヘンなこともしてこなかったし、優しくしてくれたから」

そう言って、大石さんはパクッとひと口ごはんを食べた。

いろいろ聞くわたしに対して、嫌な顔をする素振りもない。

ふつう、嫌いな人と一緒にいて楽しいって思うかな？

大石さんが嫌いなのは高野君じゃなくて、ほかの誰か……？

「だけどさぁ、優しくしてくれるのなんて最初だけ。みんないつか変わっちゃう。人の気持ちなんてそんなもんだし、海斗もすぐに次を見つけるんじゃない？　だったら、べつにあたしじゃなくてもいいじゃん」

「高野君は大石さんのお父さんとは違うよ」

わたしの言葉に、大石さんの眉がピクッと動いた。

気に障ったのか、鋭くわたしをにらみつける。

「男なんてみんな一緒だよ。ちょっと愛想を振りまけば、すぐに好きって言ってくる」

冷静だけど、怒りを抑えているような声で大石さんは続ける。

怒りの中にさみしさのようなものを感じて、なんとも言えない気持ちになった。

「そんなの信じられるわけないよね。だいたい、あたしは人を好きになったことなんかないし、これからも好きにならないよ」

わたしはなにも言えなかった。

これまでのツラい経験がトラウマになってるんだよね。

わたしなんかが簡単に首をつっこんでいい問題じゃない。

大石さんは無言でパクパクお弁当を食べていたけど、わたしはなんだか食欲がなくて半分くらいしか食べられなかった。

その日の放課後。

わたしは誰もいなくなった教室の窓から、外を見下ろしていた。

校門までをまっすぐ見渡せるので、ぞろぞろ出てくる生徒たちの背中が嫌でも目に入る。

「はぁ」

なんだかなぁ。

全部が中途半端な気がする。

高野君……大丈夫かな？

別れたというウワサを聞いてから、一度も顔を合わせていない。

気になるけど、教室まで行って話しかける勇気はないし。

「うーん……」

うなりながら、何気なくあたりを見回す。

すると、見覚えのある背中を発見した。

た、高野君！

茶色の目立つ髪を揺らしながら、同じクラスの派手な友だちと並んで歩いている。肩を落としてしょぼんとするさみしそうなうしろ姿に、胸がギュッと締めつけられた。

でもこの気持ちは恋じゃない。

それだけは、はっきりしている。

「花梨ちゃんってさ」

おもわずぼんやりしてしまっていると、横目にキヨ君の顔が映った。

へっ⁉

「わ……！　ビックリした」

いつの間に入ってきたの？

しかも、気配なく隣にいるし。

キリッとしたその横顔にドキッとする。

「またボーッとしてたんだ？　相変わらず、海斗のことになるとほかが目に入らないんだな」

フッと笑ったキヨ君は、わたしと同じように校門を見下ろす。

そして同じように高野君の背中を見つめ、唇をグッと噛みしめた。

「まだ好きなんだ？」

「え？　いや……」

違うよ。

今は……違う。

それなのに、否定できない。

それよりも、隣にいるキヨ君に意識が集中してドキドキする。

なんでこんなにドキドキするの？

顔が……熱いの？

キヨ君はただの友だちでしょ？

「マジでバカだよな。猪突猛進《ちょとつもうしん》で、一途で……その上鈍感」

「え？」

それって、もしかしなくてもわたしのこと？

キョトンと目を丸くしたわたしに、キヨ君はまたフッと笑う。

「バカはよけいだよ……バカは。キヨ君って、意地悪だね」

ふだんは優しいのに。

「花梨ちゃんに対してだけな」

うん、知ってる。

だけど、四組のあの子に対してはどうなんだろう。

仲がいいみたいだし、もしかしたらわたしと同じように接してる?

そう考えると胸が痛かった。


七月上旬。

蝉の鳴き声があたりに響くなか、わたしは駅の中にあるお気に入りの雑貨屋さんにきていた。

店内は、中高生の女の子たちでにぎわっている。

わたしは人混みを避けながら見てまわった。

わ。

このレターセットかわいい。

淡い水色地の紙に、色とりどりの涙のようなしずくがたくさん描かれている。

シンプルだけどすごく惹きつけられて、それを見て浮かんだのは、なぜかキヨ君の顔。

イメージにピッタリっていうか、このレターセットに手紙を書いてキヨ君に渡したい。

なんて、ヘンかな。

でも、手紙なんてなにを書けばいいの？
キヨ君に渡すって考えただけで、恥ずかしくて一気に顔が熱くなる。
なにこれ、ホントに。
これじゃあまるで、わたしがキヨ君を好きみたいじゃん。
違うもん。
手紙は渡さないけど、気に入ったからレターセットは買おうっと。
ドキドキしながらレジに並んで順番を待った。
でも、頭の中にあるのはキヨ君のこと。
毎日毎日、目が自然とキヨ君を追ってしまう。
うしろの席だから、前にいるキヨ君にどうしても目がいく。
最近、授業が手につかないから困りもの。
ぼんやりしすぎて、先生に注意されることも増えた。
もうすぐ期末テストがあるっていうのにやばいよね。
それを杏子に笑われる毎日。
あれほど高野君でいっぱいだったわたしの心は、今はキヨ君で埋めつくされていて。
なぜかなんて、そんなのはよくわからない。
気づくといつも視界にいるんだもん。

お店を出て駅に行こうとすると、ちょうど真向かいのお店から高野君が出てくるのが見えた。

ひとりかな?

めずらしい。

わたしは迷わず高野君のあとを追いかける。

「た、高野君!」

「鈴峰……?」

「ひ、久しぶり……っ!」

走りよるわたしを見て足を止めた高野君は、目をパチクリさせてビックリしている。

「おう。だな」

クシャッと髪をかきながら笑う高野君。

その笑顔は、いつもと違って元気がないように見える。

やっぱり……大石さんのことが原因なんだよね?

まだ好きだってことは、高野君の顔を見てすぐにわかった。

だって……泣きそうに笑ってるから。

「あ、あの! 突然なんだけど、大石さんのこと……まだ好きなんだよね?」

とまどうように揺れる高野君の瞳を見上げる。

笑顔が消えて、一瞬で表情が曇った。

聞いちゃダメだったかな。

でも……。

「まぁ、な。けど……俺、寧々ちゃんに嫌われてたみたいでさ。この前、いろいろ言われたんだ」

大石さん……高野君にどんなことを言ったんだろう。

気になるけど、高野君の傷を広げてしまうことになりかねないので聞けない。

「でも、あきらめる気はないから」

「え？」

あきらめる気はない？

「マジで好きだし、簡単に忘れられるわけねーよ。振りむいてもらえるまで、精いっぱいがんばるつもり」

悲しそうだけど力強いその瞳。

意思は固いんだと、思いしらされた。

傷ついていると思っていたのに、それ以上に高野君は強かった。

「こんなこと、鈴峰に言うのはまちがってるよな。ごめん」

高野君は申し訳なさそうにわたしに頭を下げた。

「ううん！　いいの。わたし……もう」

高野君のことは吹っきれたから。

その気持ちをこめて満面の笑みを浮かべる。

「応援してるから、がんばってね！」

今は心から高野君の恋を応援することができる。

だけど、わたしにできるのはここまで。

もう、気にするのはやめよう。

キヨ君の言うとおり、わたしが首をつっこむ問題じゃなかった。

ふたりの問題だもんね。

それに、高野君もがんばるって言ってるんだもん。

わたしは応援だけしていればいいんだ。

「ありがとな」

ポンポンと優しく頭にふれられ、おもわず固まる。

学校の人気者に慣れないことをされて、ましてや前に好きだった人ということもあって。

徐々に頬が熱くなった。

「ぷっ」

至近距離で顔をのぞきこまれ、高野君はなぜか豪快に噴きだした。

「鈴峰って、俺の小学生の妹にそっくり。すぐキョドるところとか、チビなところとか」

「しょ、小学生……？」

わたし……そこまで子どもじゃありませんけど。

それにチビって。

たしかにそうなんだけどさぁ。

失礼すぎない？

高野君はわたしと視線を合わせるように、わざわざ身体をかがめて顔をのぞきこんでくる。

満面の笑みを浮かべる姿は、まるでイタズラッ子のよう。

熱くなった頬の熱が一気にクールダウンした。

「鈴峰もさ、キヨのことでなんかあるんだったらいつでも相談に乗るからな！」

えっ……？

キヨ君のことで相談に乗る？

な、なんで……？

どうしてそうなるの？

「わ、わたし……キヨ君のことはなんとも」

「え？　マジ？　キヨの前だと真っ赤だし、あきらかに意識してるってバレバレだけど」

「ええっ……？」
ウ、ウソ。
だって、高野君と会う機会なんてそんなになかったじゃん！

それなのに、なんでそんなこと知ってんのー？

しかも……意識してるってバレバレなんだ。

「気づかなかった？　俺ら、移動教室の時とか昼休みに結構すれちがってたけど」

「し、知らなかった」

「まぁ、それほどキヨに夢中だったたってことだろ？」

「そ、そんなこと……！」

ないって言おうとして、言葉が続かなかった。

たしかに……そうかも。

最近キヨ君のことを考えてぼんやりしてたし。

だけど、改めて言われるとなんだかすごく照れくさい。

わたし……キヨ君のこと。

なんで？

どうして？

そんなの全然よくわからないし、なにがきっかけだったのかもわからない。

でも……。

わたしは、キヨ君が――好き。

今まで認められなかったけど、高野君に言われて気づいた。

ううん、認めざるをえなかった。

「鈴峰もわかりやすいけど、キヨの態度はもっとわかりやすいしな。あいつ、腹黒いけどいいヤツだから！　じゃあな」

えっ……？

高野君は意味深な言葉だけを残して、あっという間にわたしの前から走りさった。

涙色

週明けの月曜日。

いつものように登校していると、校門に着いたあたりからたくさんの視線を感じた。

ん?

なに?

いつもと違う様子に、おもわずたじろぐ。

「ほらー！　あの子だよー！」

「なんだ。ふつうの子じゃん」

「あんな人が高野君の次の彼女?」

「趣味変わったよねー！　大石さんと真逆じゃん！」

んっ!?

話が飲みこめない。

誰が高野君の次の彼女だって?

周りの女子たちは、わたしを見てヒソヒソ言っている。

まさか、わたしのこと……？
上履きに履きかえてから廊下を歩いている時も、刺すようなたくさんの視線を感じた。
な、なんなの～？
なんでこんなことになってんの？
ヒソヒソ言ってるのがわかるけど、なにを言っているのかまではわからない。
すごく居心地が悪くて、下を向きながら足早に教室に向かった。
——ガラッ。
ドアを開けると、それまで騒がしかった教室内が一瞬で静まり返った。
えっ？
なに？
まさか、ここも？
「花梨、おはよう」
シーンとした空気を破ったのは杏子だった。
「お、おはよう……」
わたしはクラスメイトからの視線を避けるように、杏子の席へと向かう。
杏子は机に頬づえをつきながら、周りの女子たちを興味なさげに見ていた。

「ね、ねぇ。わたし……いつの間に高野君の彼女になったの？」

周りの目が気になるから、コソッと杏子に耳打ちする。

なんでこんなに注目を浴びてるのか、自分でもかなりナゾだった。

「この前、高野と一緒にいたの？　イチャイチャしてるところを見たって子がいるみたいだよ」

えっ？

イチャイチャ……⁉

「偶然会っただけだよ。イチャイチャなんて、してないからっ！」

ありえないんですけど。

ただ一緒にいたっていうだけで、どうしてここまで騒がれなきゃなんないの？

「だとしても、かなりウワサが出まわってるみたいだよ。頭ポンポンしながら、キスしてたとか……」

「えっ⁉　キ、キス？　してないよ、やめてよ！」

「うん、まぁあたしはわかってるけどさ」

「あれは、ただわたしを励ましてくれただけっていうか」

ラブラブっぽく捉えられちゃうなんて、思いもしていなかった。

女子たちからの突き刺すような視線が痛い。

「なにも悪いことはしてないんだし、堂々としてなよ」

杏子はわたしの背中をバシッと叩いて励ましてくれた。

い、痛い。

でも、ちょっとだけ元気をもらえた気がする。

予鈴が鳴って席に着く。

「キ、キヨ君……おはよう」

キヨ君はいつも、わたしが来ると振り返って挨拶《あいさつ》をしてくれるんだけど。

なぜか、今日に限っては前を向いたままだった。

だからわたしから声をかけてみる。

気づいてないだけ？

おそるおそる声をかけると、キヨ君はゆっくり振り返った。

「なに？」

いつもはニッコリ笑ってくれるのに、今日はやけに真顔。

言葉にもトゲがあるように感じた。

「え？　あ、いや……おはようって言ったんだけど」

「うん、おはよ」

それだけ言うと、キヨ君は前を向いてしまった。

あれ？

なんだか……怒ってる？

でも、なんで？

わたし……なにかした？

心当たりがなくてとまどう。

もしかして……高野君のことで怒ってるとか？

いやいや。

でも、まさか。

キヨ君が怒る理由なんてないよ。

「あ、あの、わたし、なにかしたかな？」

キヨ君の背中に向かって声をかける。

すると、再びキヨ君はこっちを向いた。

「べつに、花梨ちゃんはなにもしてないよ。それより、海斗とうまくいきそうなんだろ？　よかったじゃん」

「……っ」

キヨ君は笑ってそんなことを言った。

よかったなんて、キヨ君にだけは言われたくなかった。

胸が苦しくてはりさけそう。

うまく息ができない。

キヨ君にだけは、勘違いされたくないよ。

「そんなんじゃ……ないよ」

違うよ。

それなのに。

「チャンスだろ？　がんばって」

それだけ言うと、キヨ君はわたしの返事も聞かずに再び前を向いてしまった。

突きはなされたような気がして、それ以上なにも言うことができない。

本当は否定だってしたいのに……。

がんばってって言われたら否定できないじゃん。

キヨ君の……バカ。

次の日もその次の日も、キヨ君がわたしのほうを振りむくことはなかった。

「キ、キヨ君……この問題教えてほしいな」

「俺なんかより、先生に聞いたほうがわかりやすいと思うよ」

「え、でも、キヨ君教え方上手だし」

この前も数学の問題を教えてもらって、すごくわかりやすかった。

「ごめん、ほかのクラスの友だちと約束してるから」

「え？　あ、そうなんだ……」

なにかと話題を作ってはキヨ君に話しかけているけれど、返ってくるのはそっけない返事ばかり。

笑ってくれてはいるけど、わたしにはわかる。

キヨ君はわたしを避けてるってこと。

それがものすごくさみしい。

なにか話したいのに、なんて言えばいいかわからない。

「それにさ、俺と話してたら海斗に勘違いされるから、あんまり話さないほうがいいと思うよ」

「な、なんで突然そんなこと……」

今までふつうに話してたのに。

悲しくて唇をグッと噛みしめる。

「ごめん、花梨ちゃん……このままだと、俺がツラいから」

「えっ？　どういう、意味？」

キヨ君がツラい？

なんで？

「とにかく、ごめん」

「キ、キヨ君……」

「じゃあ、もう行くから」

呼び止める間もなく、キヨ君は教室をあとにする。

ごめんって言われたって、理由を言ってくれなきゃ全然わかんないよ。

この日を境に、わたしはキヨ君にどう話しかけていいかわからなくなった。

キヨ君のほうから声をかけてくることもなくて、からかったり、笑顔を見せてくれることもなくなった。

胸が苦しくて、泣きそう。

「はぁ」

なんだか、最近ため息をつく回数が増えたな。

放課後の教室が唯一落ちつける場所だ。

誰もいなくなったあと、自分の席で机にうなだれる。

「鈴峰」

え？

突然名前を呼ばれて、勢いよく起きあがる。

た、高野君……？

高野君は教室の中に入ってきた。

ニッコリ笑ってるけど、その笑顔はなんだか悲しげ。

「すごいウワサになってるな。誤解されるようなマネしてごめん」

「う、ううん……っ！　高野君のせいじゃないよ」

「けど、いろいろ言われてるだろ？　俺のせいでごめん」

あやまる高野君に、わたしは首を振りつづけた。

だって、高野君が悪いわけじゃないもん。

ウワサのことだってべつに気にしてない。

わたしが気にしてるのは……キヨ君のこと。

「事実は違うんだし、堂々としてろよ。それでもなにか言うヤツがいたら、俺が言ってやるし」

「あ、ありがとう。大丈夫だから」

やっぱり、高野君は優しい。

高野君のいいところを大石さんにも見てもらえるといいんだけど。

って。

人の心配をしてる場合じゃなかった。

わたしは自分のことをなんとかしないと。

……キヨ君、完璧に誤解してるよね。
わたしがまだ、高野君を好きだって。
じゃなきゃ、がんばれだなんて言わない。
だからこそ……ツラいよ。
この先もずっとこのままなの？
話せないまま？
このままキヨ君と話せなくなるのは嫌だから、なんとかして誤解をとかなきゃ。
でも、どうすればいいの？
わからないよ。

「ただいま」
ローファーを脱ぐと、目の前にある階段を上った。
いつもはリビングに寄るけど、なんだか今日は気力がなくてそのまま部屋へ直行する。
部屋に入るとすぐに、机のすみに置いたままのレターセットが目に入った。
この前、雑貨屋さんで買った涙のしずく模様の空色のレターセット。
なぜかキヨ君の顔が脳裏によぎる。

面と向かって告白なんてできないし、思ってることをうまく言えるかもわからない。
だけど、手紙なら思ってることを全部伝えられるかもしれない。
強くて優しいキヨ君のことが好きだって。
大好きなんだって。
ラブレターを渡してみようかな。
でも。
……迷惑かな？
友だちとすら認めていないわたしからもらうなんて。
うっとうしいと思われない？
ううん。
たとえ思ったとしても、キヨ君は優しいからそれを顔には出さないはず。
打つ手がないなら、自分の気持ちに正直になるしかないよね。
よしっ。
着替えもせずにイスに座り、レターセットの封を切った。
使うのは今日が初めて。
封筒には、しずく模様の中にところどころラメが入っている。
キラキラしてて綺麗。

キヨ君……。
受けとってくれるかな？
不安になりながら、ペンケースを取りだし机に向かう。
いざ伝えるとなると、なにから書きはじめたらいいのかわからない。
好きな人に渡すラブレターだからこそ、よけいに。
高野君の時だって、かなり時間がかかったような気がする。
何枚も書きなおしたけど結局うまくまとまらなくて、直接口で伝えることにしたんだ。
思ってることを全部文章にするのって、すごくむずかしい。
でも、この想いを全部伝えたい。
キヨ君のことを考えると、尋常じゃないくらい心臓がバクバクしはじめた。
ど、どうしよう……。
なんだか、高野君の時よりドキドキしてるのは気のせいかな。
キューッてうずいて、好きがどんどんあふれてくる。
思い出すのは、キヨ君のかわいい笑顔とイタズラッ子のような顔。
気づかないうちに、わたしはキヨ君の笑顔に支えられていたんだ。
今になって気がつくなんて。

キヨ君を想うと、涙があふれそうになる。

毎日毎日わたしの中はキヨ君でいっぱい。

もう一度、わたしに向かって微笑むキヨ君が見たい。

ねぇ。

大好きだよ。

わたし……いつの間にこんなに好きになってたんだろう。

「よし」

気合いを入れて、机に向かう。なにから書こうかな。どう書こうかな。出だしは『こんにちは』？　いや、それじゃあよそよそしいかな。「うーん」と頭をひねる。出だしがなかなか決まらなくて気づくと十分以上たっていた。手紙を書くのに、ここまで悩んだことはないかもしれない。震える手を小さく動かす。一文字、一文字、ていねいに、大切に書きすすめる。ドキドキと高鳴る鼓動。キヨ君への想いを全部この手紙にしたためた。

「で、できた」

明日……渡せたら渡そう。

きちんと目を見て、ちゃんと渡す。

大丈夫だよ。

高野君にも渡せたんだもん。
だけど。
異常なくらいのこの不安と、胸の高鳴りはなんなんだろう。
高野君の時とは全然違う。
それほど、キヨ君が好きってことなのかな。
うん……きっとね。
たぶんそう。
夜はなんだかすぐに寝つけなくて。
ひたすら寝返りを繰り返していた。

渡せないラブレター

次の日、寝不足のまま登校した。

頭がボーッとするし、足取りは重い。

キヨ君のことを考えると、心臓がドキドキして落ちつかない。

ラブレター、ちゃんと渡せるかなぁ？

避けられたらどうしよう。

目を合わせてもらえなかったら、ショックでどうにかなっちゃいそう。

話しかける自信もないよ。

昨日まではちゃんと渡そうと思っていたのに、いざとなると弱虫な心が出てきてしまう。

「花梨、おはよう」

「あ、杏子～！　おはよう」

下駄箱で杏子と会い、ホッとしたからなのかおもわず抱きつく。

なにかあると杏子に頼りたくなってしまうわたしは、相当、杏子のことが好きらしい。

「ちょっと。邪魔なんだけど」

そんな時、大石さんのうっとうしそうな声が聞こえた。

邪魔そうにわたしを見る目がギラッとしてて怖い。

「ご、ごめん」

「ったく。こんなところで暑苦しい友情なんて見せつけないでよ」

なんだか今日は、大石さんのご機嫌がいつも以上に悪いみたいだ。

いつもならからんでくることなんてないのに。

「あら〜、お熱い友情を見せつけて悪かったわね」

カチンときたのか、杏子が強気に言い返す。

「ホントくだらない」

大石さんも負けん気が強い。

ふたりの間には火花がバチバチ散っていた。

お互い気が強いから、どうしても合わないらしい。

「そんな友情、バッカみたい」

フンと鼻を鳴らして、大石さんが去っていく。

少しさみしそうなその背中から、なぜか目が離せなかった。

「清野、おはよう」

——ドキン。

杏子の声にハッとする。

清野っていう名前に鼓動が大きく跳ねあがった。

「アンちゃん、おはよ」

穏やかなキヨ君の声は、わたしがいるせいか少しぎこちなく歯切れも悪い。

やっぱり、わたしは嫌われてるのかな。

悲しくなって、拳をギュッと握る。

「花梨ちゃんも、おはよう」

えっ……?

「お……おは、よう」

キヨ君は靴を脱ぐと、下駄箱から上靴を取りだした。

だけど、その横顔はなんだか悲しげ。

ゆるく着崩したズボンと、だらしなく結んだネクタイ。

暑いせいか、カッターシャツのボタンがいつもより多く開けられている。

そこからのぞく鎖骨にドキッとした。

まさかキヨ君から挨拶してくれるなんて。

まともに話したのは、約二週間ぶりで、予想外の展開にとまどう。

だけど、すごくうれしかった。

バカだよね。

挨拶だけで、こんなに頬がゆるむなんて。

わたし、いつからこんなに単純になっちゃったんだろう。

「あたし、職員室に用事があるから花梨と清野は先に教室に行ってて」

え？

あ、杏子？

チラッと見ると、杏子はわたしに向かってウインクをした。

絶対ワザとだ。

本当は用事なんてないくせに〜！

杏子めー！

だけど、もしかしてこれはチャンスなんじゃ。

「花梨ちゃん？」

「へ？」

名前を呼ばれてドキッとする。

「俺も行くところがあるから、じゃあな」

「え……あ。ま、待って……！」

まだ行かないで。

わたしはとっさにキヨ君の腕をつかんだ。

すると、キヨ君の身体がビクッと揺れる。

そして、大きく目を見開いてわたしを見た。

「だから……簡単にそういうことすんなって、前にも言わなかったっけ？」

「えっ……？」

言われたことの意味を頭で考えるよりも先に、キヨ君の冷たい声に固まってしまった。

「頼むから……これ以上俺の中に入ってこないで」

冷たく見下ろしていたかと思えば、今度は切なげに瞳を揺らすキヨ君。

なに……？

どういうこと？

「わ、わたし……キヨ君に話が」

「ごめん。俺はないから」

そう言われ、つかんでいた手を引きはなされた。

——ズキン。

激しく痛む胸。

話もしたくないほど嫌われたってこと？

不意に涙があふれてきて、とっさにうつむいた。

わたし……わたし。

いつからこんなに嫌われてたの……？

知らなかった。

気づかなかった。

バカだ。

胸が苦しくて仕方ない。

「じゃあな」

立ちさろうとするキヨ君をこれ以上引き止めることもできずに、わたしはただうつむいていた。

もう……ダメだよ。

友だちでいたくもないし、話したくもないだなんて。

せっかく伝えようって決めたのに、どうすることもできないよ。

涙が頬を伝う。

キヨ君の冷たい声が頭から離れない。

大勢の生徒たちが行き来する昇降口で、わたしは声を押しころして泣いた。

こんなに……こんなに好きだったなんて。


どうすることもできないまま、期末テストが終わって夏休みがやってきた。

キヨ君とのことがあって勉強が手につかず、期末テストの結果はさんざん。

赤点をたくさん取ってしまい、夏休みなのに補習を受けることになってしまった。

「おまえなぁ、もうちょっと勉強できなかったのか？　五教科も赤点取るなんて、前代未聞だぞ」

補習初日、朝から担任の先生に出くわしてしまい、お説教を食らった。

さ、最悪だよ。

「今回はめずらしく大石や清野も補習だし。ったく、あいつらだけはデキると思ってたのにな」

先生はグチグチとわたしに不満を漏らす。

大石さんはテストの日、体調不良で学校を休んでいたから仕方ないとしても。

「キヨ君も補習なんですか？」

なんで？

頭がいいキヨ君が補習だなんて信じられないよ。

「解答欄がひとつずつズレてたり、名前書きわすれたり。初歩的なミスが目立っててな、先生も悩んだんだが不合格にしたんだ」

「そ、そうなんですか……」

キヨ君……どうしちゃったの？

そんなミスをするなんて、しっかり者のキヨ君らしくない。

「おまえ、人のことを心配してる場合じゃないだろ？　しっかり気合い入れろよー。俺の補習は厳しいぞー」

「げっ。最悪」

おもわず本音が口から出た。

だって、先生の担当教科は化学だから。

苦手なんだよね、化学って。

「化学の補習は鈴峰と清野と大石の三人だけだから、わからないところはふたりに教えてもらえ。あいつら、頭はいいからな」

「え……!?」

さ、三人だけ……？

それ、かなり困りますっ!!

すっごいビミョーなメンツ。

だけど、ふたりきりじゃないだけまだマシかも。

「俺の補習は、ひたすらプリントをやるだけだからなー。できたヤツから帰っていいけど、大量にあるから覚悟しとけよ。まぁ、鈴峰はほかの教科もあるから帰れないけどな」

先生は意地悪にニコッと微笑んだ。

「お、鬼だ……」

宿題もたくさんあるのに、補習でもたくさんやらなきゃいけないなんて。

「なんとでも言え。できるまで残ってもらうからな」

「…………」

わたしは肩を落としたまま教室に向かった。

はぁ。

最悪だよ。

——ガラッ。

あっ。

ドアを開けると、すでに座っていたキヨ君と思いっきり目が合った。

「お、おはよう……」

ぎこちなく微笑む。

頬の筋肉が引きつってうまく笑えない。

キヨ君の顔を見ると、なぜだか泣きそうになった。

「おはよう」

返事をしてくれたけど、さり気なく視線をそらされた。

これ以上話しかけるなと言われているようで、なにも言えずに席へ向かう。

大石さんはまだ来ていないから、ふたりきりの空間がやけに気まずい。

ラブレターを渡そうと思っていた時の強かったわたしは、今ではすっかり姿を消している。

キヨ君に嫌われているという事実が、胸に深く突き刺さったまま消えてくれない。

嫌われちゃったけど、わたしはまだこんなにもキヨ君が好きだよ。

大好きだよ。

開けはなった窓から、生温い風が肌をかすめる。

校庭の木からは、蝉の鳴き声がうるさいくらいに響いていた。

まだ朝の九時なのに、すでに暑くて溶けそう。

——ガラッ。

ドアの向こうから現れたのは大石さんだった。

大石さんはわたしとキヨ君を見て、少しだけビックリしたような顔をした。

「鈴峰さんがいるのはわかるとして、なんでキヨ君がいるの？」

「し、失礼な……」

まるで、わたしがバカだって言ってるみたいじゃん。

実際そのとおりなんだけど、当たり前のようにそう言われるとなんだか悔しい。

「俺は答案用紙に名前を書きわすれたんだ」

「へぇ。A型で慎重なキヨ君でも、そういうミスをするんだね」

「まぁ、いろいろあってさ」

淡々と言う大石さんに苦笑いをするキヨ君は、目をそらしたりすることなくふつうに受けこたえしている。

わたしだって……キヨ君とふつうに話したいのに。

本鈴が鳴ると、担任の先生がプリントの束をごっそり持ってやってきた。

「できたヤツから見せにこい。教科書で調べたり人に教えてもらうのはいいが、丸写しは禁止だ。じゃあ、がんばれよ」

お、鬼だ。

本当に。

なにこの量！　二十枚以上はあるよ。

嫌がらせかって思うほど多いんですけどっ！

しばらくの間、カリカリとシャーペンの擦れる音だけが教室に響いた。

会話はなく、わたし以外のふたりは黙々とプリントに集中している。

す、すごい。

出だしからつまずいたわたしとは大違いだよ。

シャーペンを動かす手を止めることなく、ふたりはどんどん問題を解いていく。

どうしよう……。

教科書を開いてはいるものの、どこのページに答えが載ってるのかわからないよ。

先生は教室にはおらず、職員室に戻ってしまった。

絶対手抜きしてるよね。

はぁ。

それでもなんとか、わたしは教科書をあちこちめくって答えを探しつづけた。

集中すると周りの音まで聞こえなくなるほどとことんやってしまうわたし。すっかり周りが見えなくなっていて。

「もうお昼だけど？」

大石さんにそう言われてハッとした。

「え？　も、もう？　って、あれ？　キヨ君は……？」

集中しすぎていたせいで、目の前にいたはずのキヨ君がいないことに今になって気づいた。

「なに言ってんの！　キヨ君は一時間くらい前に帰ったじゃん」

「え？　ウソ」

し、知らなかった。

っていうか、この量を終わらせて帰ったってこと？

わたしは、まだ半分も終わっていないのに。

「あたしも午後からあるし、一緒に休憩してあげてもいいよ」

「な、なんでそんなに上から目線なの？」

「嫌ならいいのよ、嫌なら」

「嫌じゃないけどさ」

むしろ、化学を教えてほしいくらいなんだけど。

でも。

そっか……キヨ君は帰っちゃったんだ。

なんだかさみしかった。

「キヨ君と鈴峰さんって、前は仲良かったのにどうしたわけ？」

教室でお弁当を広げていたわたしたち。

痛いところを突かれ、ごはんが喉につまりそうになった。

「まぁ、いろいろありまして……」

言いたくなくてごまかした。

口に出すと、涙がこぼれおちてしまいそうになる。

嫌われているっていう事実を認めたくない。

「いろいろ……ね。だから言ったでしょ？　人とのつながりなんて、簡単に切れちゃうんだよ」

「………」

なにも言い返せない。

大石さんの言うように、わたしとキヨ君の仲はすでに壊れているかもしれないと思ったから。

カバンに入れたラブレターは、渡せないまま時間だけがすぎていく。

「大石さんは高野君のことフッてスッキリした？」

「なに、いきなり」

「いやー、直接聞いてなかったなと思って」

「スッキリしないよ。鈴峰さんとウワサになってるからうまくいったんだと思ってたのに。どうやらウワサはでまかせみたいね。今でも話しかけられてうっとうしいんだから」

「そ、そうだよ。ウワサはウワサだよ。わたしと高野くんはなにもないから。高野君はそれだけ大石さんに本気だってことだよ」

わたしがそう言うと、大石さんは押しだまった。いつか、高野君の気持ちが大石さんに届けばいいと願う。大石さんにも信頼できる人が現れたらいいなと思った。


夏休みに入って一週間。

今日もわたしは朝から補習だった。

最悪なことに、英語だ。

ほかのクラスにも補習者がいるみたいだったので、今日は音楽室でやるらしい。

「悠くんが補習!?　なんで？」

音楽室の前に着いた時、中から声が聞こえてきてドアを開けようとした手を止めた。

ドアのガラス窓から見えるのは、前に見たことがあるキヨ君の女友だち。

その隣にはキヨ君が座っていた。

「途中から、解答欄がズレてたんだよ。マジでバカなことしたし」

「うっそ。信じらんない。悠くんがそんなミスをするなんて」

「だよな～。俺も自分でビビッた」

悠くん……。

彼女はキヨ君のことをそう呼んでるんだ。

――ズキン。

胸が痛くてその場から動けない。

ふたりの空間に入る勇気がわたしにはなかった。

「なにしてるの？　早く入りなさい。遅刻扱いにするわよ」

ドアの前で立ちつくしていると、先生がやってきて冷ややかにわたしを見下ろす。

ううっ。

この先生苦手なんだよね。

「す、すみません……」

うつむきながら音楽室に入る。

なぜか突き刺さるほどの視線を感じた。

補習者はほかにも数人いて、わたしはキヨ君の横を通りすぎていちばんうしろの席に座った。

隣には大石さんがいて、その隣にはなぜか高野君がいる。

な、なんで？

高野君も補習!?

「寧々ちゃん、今度の土曜日ヒマ？　一緒に花火大会行かねー？」

「ヒマじゃない。鈴峰さんと約束してるから」

えっ⁉

や、約束？

そんなの、してないんだけど。

「マジ？　なら俺も行っていい？」

「はぁ？　やだよ」

ヘラッと笑う高野君に対し、大石さんは嫌そうな顔をする。

高野君、がんばってるんだ。

ここまで拒否されても、めげずにいられるなんてホントにすごいや。

大石さんも、高野君には作った姿じゃなくて素を出してる感じがする。

「いいじゃん。高野君も一緒に行こ！　人数多いほうが楽しいしさ」

大石さんと約束なんてしていないけど、必死な高野君を応援したくなった。

どこまでお節介なんだ、わたしは。

でも、高野君にはがんばってほしいから。

高野君の大きな愛で、大石さんの冷えた心を癒してあげられたら。

なんて。

「なに勝手なこと言って……っ」

「マジ⁉　サンキュー、鈴峰！」

大石さんの声を高野君が遮《さえぎ》る。

高野君は目を輝かせて、うれしそうだった。

大石さんからはにらまれちゃったけど、気にしないようにしよう。

ふと前を見ると、キヨ君と目が合った。

――ドキッ。

おもわず鼓動が高鳴る。

だけどすぐにそらされてしまい、補習がはじまった。

英語の補習はちゃんとした授業だった。

なにを言ってるのかちんぷんかんぷんで理解できない。

休憩中、高野君はキヨ君にからみにいき、わたしはそれを遠くから見ていた。

「ホントいい迷惑だよ。なんであたしが海斗と花火大会に行かなきゃなんないわけ？」

大石さんは頬づえをつきながら、唇をムッととがらせる。

「いいじゃん。もとはといえば、大石さんがウソつくから悪いんだし」

「…………」

わたしの声に黙りこむ大石さん。

そして、観念したかのようにはぁとため息をついた。

「前から言おうと思ってたけど。あたし、名字で呼ばれるの嫌いなの。だから、下の名前で呼んで」

「えっ？」

「寧々でいいから。あたしも花梨って呼ぶし」

「あ、うん……」

なんだか不思議。

大石さん……じゃなくて。

寧々はわたしのことが嫌いなはずなのに。

わたしも正直苦手だったけど、素を見せてくれるようになってからはなぜか憎めなくなった。

名前で呼んでもらえるのは親しい証《あかし》だから、うれしくも思える。

高野君に対してひどいことをした張本人なのに、どうしてかな。

「勘違いしないでよ？　花火大会には一緒に行ってあげるけど、花梨のことを信用したわけじゃないんだからね」

「う、うん……」

プイとそっぽを向かれたけど、寧々の横顔は怒っているようには見えなかった。

しばらくすると、高野君が戻ってきた。
そしてわたしの耳もとに唇を寄せる。
「キヨも誘ったけど、用事があるからって断られた～。力になれなくてごめんな」
「そ、そんなっ！　いいよ、気にしてないから」
まさか、キヨ君を誘ってくれるなんて。
だけど……一緒に行きたかったな。
チラッと前を見ると、キヨ君は相変わらず四組の女の子と楽しそうに話していた。
モヤモヤが大きくなっていく。
キヨ君はその子が好きなの？
そういえば、キヨ君のそんな話って聞いたことないな。
好きな子……いるのかな。
キヨ君の中身をちゃんと見てくれる、優しい子。
キヨ君はいい人だから、そんな人はすぐに見つかるよね。
そんなことを考えると、気分はどんどん沈む一方。
おまけに、涙がジワッとにじんだ。
補習が終わり、荷物をまとめて学校を出た。
一日受けなきゃいけないのはわたしだけだったから、ひとりさみしく帰り道を歩く。

キヨ君……今頃なにしてるかな。
午前の補習のあと、四組の女の子と仲良く教室を出ていったし一緒にいるのかも。
はぁ。
ダメだ。
ちょっとしたことですぐに涙が浮かんでくる。
せっかく書いたラブレターは、カバンの奥底で眠ったまま。
渡せる日なんて、こないのかもしれない。

step＊6

好きだから

――ミーンミンミンミン。

朝、わたしは補習へ向かうべく通学路を歩いていた。

八月に入って暑さがよりいっそう増した気がする。

容赦なく照りつける太陽が憎らしい。

全身が汗だくで気持ち悪かった。

「ちょっといい？」

わたしの肩を誰かがつかんだ。

「ね、寧々……？」

振り返ると、そこには太陽の光に目を細める寧々の姿。

だけど、なんだかその表情は曇っていて青ざめている。

わたしの前ではツンとしてる寧々が、なぜか今はすごく弱々しく見える。

なにかあったのかな……？

「ちょっと来て」

寧々はわたしの腕を取ると、通学路から外れた細い通路に入っていった。

そしてキョロキョロとあたりを見回す。周囲を気にしすぎて挙動不審。

あきらかに異常な感じがした。

だって。

まるで、誰かから逃げているみたいなんだもん。

「ど、どうしたの……？」

「あたしのうしろに誰かいない？」

「え？」

うしろ？

目の前の寧々をじっと見つめる。

もちろん、背後には誰もいない。

「いない、けど」

「違うよ！　あたしのうしろっていうのは、通路の奥のこと！」

え？

通路の奥？

それなら最初からそう言ってよ。

通路は一直線になっていて奥まで見渡せる。

細い道だから人が来たらすぐにわかるけど、今は誰も通っていない。

「いないよ」

わたしがそう言うと、寧々はヘナヘナとその場に座り込んだ。

力が入らないのか、だらんとしている。

なにかあったことは聞かなくてもわかった。

「どうしたの？」

「勘違いかもしれないけど、誰かにあとをつけられてる気がして……」

「えっ⁉」

誰かにつけられてる？

それって……ス、ストーカー⁉

わたしは注意深く周囲を見回した。

だけど、やっぱりあたりはシーンとしていて。

わたしが見える範囲には誰もいない。

「たぶん、あたしの勘違いだと思うから気にしないで」

「で、でも」

そうは言うものの、寧々の足取りはふらふらでどこか頼りない。

「大丈夫だからっ！」

だけどピシャリと言いきられ、それ以上はなにも言えなかった。

本当に……大丈夫なのかな？


それから三日後。

補習も無事に終わって、ようやく夏休みを満喫できるようになった。

夏らしいことはとくになにもしていなかったから、奇妙なメンバーで行く明日の花火大会がひそかに楽しみだったり。

だけど、わたしはお邪魔かな。

隙を見て途中で抜けだそう。

高野君と寧々をふたりっきりにしてあげるんだ。

花火大会の計画を立てるのに不便だからという理由で、補習がはじまってから寧々と連絡先を交換していた。

嫌だと言いながらも、寧々もなんだかんだで花火大会は楽しみな様子。

浴衣で来いと言われてしまった。

ストーカー騒動は、どうやら本当に寧々の勘違いだったようであれから誰かにつけられている様子はない模様。

「へー。で、あたしの誘いを断るってわけね」

真っ昼間のファストフード店で、リンゴジュースを飲みながら杏子が不服そうな顔をする。

「し、仕方ないじゃん〜。あ、だったら杏子も一緒に行く？」

むくれる杏子に笑顔を浮かべる。

わたしと一緒に花火大会に行けないのが不満みたい。

「あたしが行ったら、よけいにおかしいメンバーになっちゃうじゃん！」

「そんなことないよ！　杏子がいてくれたほうが、わたしとしては気が楽だし」

まぁ、寧々とは合わないかもしれないけどさ。

「カンベンしてよ〜！　隣のクラスの男子に誘われたから、そっちと行こうかなって思ってるのに」

「えっ⁉　なにそれ！　聞いてない！」

「聞かれてないからね〜！」

トボける杏子は相変わらず秘密主義だ。

だけど、以前よりも表情がやわらかくなった気がする。

元彼のことは吹っきれつつあるようで、前に進もうとしているのがわかった。

だから、素直に応援したい。

「どんな人？　カッコいい？　見てみたいなー、杏子と花火大会に行く男の子！」

「ふつうだよ、ふつう。それにまだ行くって決めたわけじゃないし。それより、花梨は清野とどうなの？」

自分のことを聞かれるのは得意じゃない杏子が、強引に話題をそらした。

「……どうもしないよ。花火大会も、断られちゃったし」

悪い方向に進んでる。

嫌われちゃってるから。

「それは高野が誘ったからでしょ？　花梨が誘ったら来たかもしれないじゃん」

「そんなことないよ」

わたしが誘ったほうが、絶対に来ない気がする。

うっ。

そう考えるとショックがデカい。

「まぁでも、清野なりに花梨をあきらめようとしてるのかもね」

「えっ⁉」

あきらめる？

「清野は、花梨がまだ高野を好きだと思ってるわけでしょ？　だったら、身を引きたくなる気持ちわかるな〜」

「う、うん……たしかに好きだって思われてるけど」

身を引くって……どういうこと？

なんだかさっきから、杏子と話が噛みあってない気がするんだけど。

「まぁ、がんばれ！」

肩をポンと叩かれる。

「塾だから、そろそろ行くね！　明日はギリギリでドタキャンするのもアリなんじゃない？　花梨から清野を誘ってみれば？　じゃあね」

ド、ドタキャン……？

わたしからキヨ君を誘う？

そんなこと、度胸がないわたしにできるわけがない。

それに誘ったって来てくれるわけがないよ。

わたしは……嫌われてるんだよ？

杏子は爽やかにクスッと笑うと、トレーを持ってお店をあとにした。

ギリギリになってドタキャン……。

わたしからキヨ君を誘う……。

ドタキャンをしたとしても、結果、高野君を応援することになるわけだからたぶんアリだとは思う。

寧々は怒るかもしれないけど、高野君に任せれば大丈夫だと思うし。

キヨ君を誘う……か。
でも、明日は用事があるって言ってなかったっけ?
ダメもとで誘えってこと?
できるわけがないと思いながらも、杏子の言葉が頭から離れない。
杏子がいなくなったあと、わたしはずっとそんなことを考えていた。
「花梨ちゃん……?」
えっ……?
聞きおぼえのある愛しい声に鼓動が跳ねる。
見上げると、そこにはキヨ君がいた。
「ひとり? 一緒にいい?」
わたしが返事をする前に、キヨ君が目の前のイスを引いて座る。
ふわふわのゆるふわパーマに、いつもの穏やかな笑顔。
整った顔立ちに、甘い雰囲気。
い、いつものキヨ君だ……。
「ぷっ、ビックリしすぎだから。外から見えたから、つい入っちゃった」
照れくさそうに笑いながら、チラッと窓の外に目をやるキヨ君。
そっか。

窓際に座ってたから、外から見えたってことだね。

「なにしてんの？」

「あ、杏子と会ってたの。でも、塾に行っちゃったから」

「それでひとりでなにしてたの？」

「いや、とくになにも……」

まさか、キヨ君を花火大会に誘うことを考えてたなんて言えない。

「キヨ君はどうしてここに？」

「これから中学の同窓会に行くところ。早く着きすぎたから、時間つぶそうと思ってブラブラしてた」

そ、そっか。

同窓会……か。

なぜか、不意によぎったキヨ君と親しそうに話していた子の顔。

もしかして……あの子も来るのかな？

モヤモヤして黒い気持ちが胸に広がる。

やだな。

同窓会なんか行ってほしくないよ。

膝の上に置いた手をギュッと握る。

「喉渇いたから、飲み物買ってくるよ。花梨ちゃんは？」

キヨ君はそう言って立ちあがり、わたしの顔をのぞきこんだ。

まっすぐな視線にドキッとする。

「う、ううん！　わたしはべつに……」

「わかった。じゃあ、ちょっとだけ待ってて」

うなずくと、キヨ君はカウンターのほうへ行ってしまった。

このまま……なにもしないで話せなくなるのは嫌だ。

嫌われてるのかもしれないけど、わたしは。

わたしは……。

やっぱり、キヨ君が……好き。

「ごめん、お待たせ」

ガタッと目の前のイスが引かれた音と、キヨ君の声にハッとする。

顔を上げると、キヨ君の穏やかな笑顔があった。

クリクリの大きな目が色っぽくてカッコいい。

「はい、コレあげる」

「え？　いや、でも……」

スッと目の前にさしだされたスティックのチョコレートケーキ。

わたしは大きく目を見開いた。

どうやら、デザートをまだ食べていないことを察してくれたらしい。

「いいよ。俺、甘いもの苦手だから」

「わ、わたしのために買ってくれたの？」

「うん。だから受けとってよ」

「ありがとう」

なんでもないことだってわかってる。

これはキヨ君の優しさなんだ。

だけど、わたしのためだなんて言われると期待しちゃうよ。

嫌われてるってわかってるけど、期待しちゃう。

おそるおそる手を伸ばしてチョコレートケーキを受けとる。

その時、トンッと指がキヨ君の手にふれた。

——ドキッ。
ダ、ダメだ。
心臓がもたない。

わたしは恥ずかしさを隠すようにチョコレートケーキを口に運んだ。

甘くてふわふわの食感が口中に広がる。

ダメだ、今のわたしには甘すぎてムリ。

キヨ君がそんなわたしを見て、クスッと笑った気がしたけど顔を上げることができない。

「花梨ちゃん、ここに、付いてる」

「え……？」

顔を上げると、クスクス笑いながらキヨ君が自分の唇の横を指していた。

う、うそ。

あわてて唇の横を指でぬぐう。

「そっちじゃなくて、こっち」

「え？」

キヨ君の手が目の前に見えた瞬間、唇の横をグッとぬぐわれた。

かすかに触れる温もり。

しなやかで細いけど、長くて綺麗な指。

繊細な指とは対照的な、血管の浮きでた男らしい腕。

キヨ君にふれられ、ドキドキが止まらない。

どうして……？

わたしのことが嫌いなんでしょ？

話もしたくないんでしょ?

それなのに……こんなこと。

「ぷっ。顔、真っ赤」

クスッと笑うキヨ君は、余裕たっぷりで照れている様子はない。

「だ、だって……!　キ、キヨ君が……そんなことするから」

真っ赤にならないほうがおかしいよ。

キヨ君にとっては何気ないことだったかもしれないけど、わたしにとっては意味があるんだ。

「花梨ちゃん、子どもみたいだからさ」

「こ、子ども……」

なんだかショックだ。

キヨ君はわたしの気持ちなんて知らずに、まだクスクスと笑っている。

キヨ君にとって、子どもみたいなわたしは恋愛対象にはならないと言われているみたいで悲しかった。

わかってる。

わたしは……キヨ君の友だちにすらなれないんだもんね。

だけど、こうしていると錯覚しちゃうよ。

友だちになれているんじゃないかって。

「あ、明日の花火大会なんだけど……」

声が震える。

自分から行動を起こすのって、こんなにも緊張するんだ。

「うん？」

キヨ君は首をかしげながらわたしを見る。

緊張しすぎて手が震えた。

「は、花火がはじまる二十時頃に神社の入口に来て！　だ、大事な話があるの‼」

言うだけ言って勢いよく立ちあがると、ガタッと大きな音があたりに響いた。

「じゃ、じゃあね……！」

カバンをつかむと、わたしは足早にお店を出た。

どんな顔をしているのか確かめるのが怖くて、キヨ君の顔は見られなかった。

忍びよる影

次の日。

夕方になり、お母さんに浴衣を着せてもらった。

雲ひとつなく青空が広がるカンカン照りの今日、熱中症の人が何人も病院に搬送されたとニュースで言っていた。

とりあえず今日は二十時まで高野君や寧々とすごして、そのあと花火がはじまる直前にはぐれたフリをしてキヨ君との待ちあわせ場所に向かおうというのが、わたしがひそかに立てた計画。

家から神社までは自転車で十五分くらいだけど、今日は浴衣を着ているからバスで行く。


バス停まで歩いていると、額から汗が伝った。

あ、暑っ。

もう夕方なのに、昼間の空気が冷えずに残っているのか蒸し暑い。

キヨ君のことを考えると、ドキドキしてよけいに体温も上がって暑くなった気がした。

巾着の中にはお財布とスマホ……そして、涙のしずく模様の便箋にしたためたキヨ君へのラブレター。

それはお守り代わりのようなもの。

わたしの想いをうまく口で伝えられなかった時に渡そうと思うんだ。

バス停に着くと、ちょうどバスがやって来た。

いつもはそれほどでもないのに、今日はやけに混雑している。

浴衣姿の人が多く、みんなお祭りに行くんだろう。

高校生くらいの浴衣を着たカップルが、手をつないで仲良く並んで座っている。

いいな。

わたしもキヨ君とあんなふうに笑いあいたい。

友だちとして認められていないけど。

でも、友だちじゃ……やだよ。

タイミングよく空いたひとりがけの席に座った。

わたしは窓の外から景色をぼんやり見つめていた。

空は水色から徐々にオレンジ色に染まり、うす暗くなりつつある。静かな住宅街の中を通り、人通りが多い繁華街へとバスは進む。繁華街を抜けると神社の最寄りのバス停に到着した。

バスから降りて、浴衣姿の人の流れが向かう方向に、わたしも向かう。

たしか……待ちあわせ場所はここでよかったよね？

まだ明るい時間帯のせいか、浴衣姿の人がちらほらいるくらいでそこまで混雑はしていない。

大きな花火大会だから、遅くなるにつれて人は増えつづけるんだけど。

巾着の中でスマホが震えているのに気づき、わたしは立ち止まって確認した。

『着信　寧々』

「もしもし？　寧々」

「あ……花梨？　お願い！　神社の公衆トイレまで来て！」

えっ？

「公衆トイレ？　なんで？」

「お願い！　急いで！　説明してるヒマはないの……！」

今まで聞いたことのないような寧々の声、切羽つまったような雰囲気が伝わってきた。

「わ、わかった。すぐ行く」

あんな寧々は初めてだった。
きっと、なにかあったんだ。
早く行かなきゃ。

トイレ、トイレ……！
神社の敷地は広くて、トイレを探すのにひと苦労。
砂利が敷いてあるから、下駄ではよけいに歩きにくくて時間がかかった。
だけど。
あー！
もう‼
歩きにくくて仕方ない。
巾着袋のひもを腕に通すと、両手で浴衣の裾を持ちあげた。
そして、小走りで公衆トイレを探す。
「あ、あった……！　ここ、かな？」
周囲にひと気はない。
木の影になっているせいか、ここだけやけに薄暗いような気がした。
「ね、寧々……？　いるの？」

おそるおそる中に入って呼んでみる。

すると、いちばん手前のトイレのドアが音を立ててゆっくり開いた。

髪をアップにして紫色の花柄の浴衣を着ている寧々が姿を現す。

スラッとしてて背が高いからか、寧々はやっぱりなにを着てもすごくお似合い。

だけど、寧々は青い顔をして表情をこわばらせていた。

あきらかに、いつもと違う異様な雰囲気が漂っている。

「か、花梨……っ！　こ、怖かった……」

「ど、どうしたの……？」

ヨタヨタとわたしに寄りかかる寧々の身体を支える。

目には涙を浮かべ、細い身体が小刻みに震えていた。

「ス、ストーカー……ッ！　家出たあとから、ずっとつけられてる……っ」

「えっ⁉　ス、ストーカー？」

こくこくと何度もうなずく寧々。

そういえば……前にも誰かにつけられてるって言ってたよね。

勘違いだと思うって言ってたから、それからは気にしていなかったけど。

こんなに弱りきった寧々を見るのは初めて。

ここは、わたしがなんとかしなきゃ。

「とりあえず……外に出よ？」

このあたりはひと気もないし、かえって危ない気がするんだよね。

「ダ、ダメだよっ！　せっかくまいたのに、出たら見つかっちゃう！」

「でも、ここだとほかに逃げようがないよ？　人がいるところまで行けば、誰かに助けを求められるでしょ？」

「それ、は……そうだけど」

きっと、不安なんだろう。

わたしがいくら言っても、寧々は心配そうな表情のまま。

「高野君に連絡して迎えにきてもらう？　どうせ、一緒に回る予定なんだし」

「それはやだ！　海斗に頼るくらいなら、自分でなんとかする」

「わたしたちだけだと危険じゃない？」

「それでも、海斗に助けを求めるよりかはマシだよ」

寧々はそこだけはやけにきっぱり言い、いつもの強気な態度を見せた。

よっぽど嫌なんだろう。

とりあえず、わたしはもう一度トイレの外に出てあたりの様子をうかがった。

さっきよりも喧騒が近くなり、人が増えてきていることを教えてくれる。

周りに怪しい人影は見当たらなかった。

「大丈夫だよ！」

ビクビクする寧々の腕を引っぱり、喧騒の中に身を潜めた。

ひどい混雑で、小さなわたしはすでに押しつぶされそう。

「高野君と合流しなきゃ」

さすがに人混みだとなにもしてこないだろうけど、ストーカーはやっぱり怖いし。

待ちあわせ時間をすぎているからか、さっきから高野君から寧々に何度も連絡が来ていた。

この人混みじゃ、探すのは相当大変かもしれない。

「ホント最悪……なんであたしがストーカーなんかされなきゃなんないわけ」

ちょっと落ちついたのか、ブツブツ文句を言いはじめる寧々。

それでも、キョロキョロしてあたりを気にしているのがわかる。

表情も、まだこわばったままだ。

「ストーカーって、なにか心当たりはないの？」

「あるわけないでしょ！」

「そっか」

ピシャリと言いきられ、肩をすくめる。

まぁでも。

心当たりがあったら、とっくに言ってるはずだよね。

これだけの美貌《びぼう》の持ち主だし、ストーカーされてるって言われても不思議じゃない。

「寧々ちゃん、鈴峰！」

わたしたちの姿を偶然見つけた高野君が走りよってくる。

「いい？　ストーカーのことは、絶対に秘密だからね」

寧々にそう釘を刺され、わたしはなにも言えなかった。

「うっわ。寧々ちゃんの浴衣姿、マジかわいい～！」

「なに言ってんの？　バッカじゃない。なに着ても似合うのは当たり前でしょ」

「いや、そうなんだけどさ～！　思った時に伝えねーと！」

「海斗って、いちいちうるさいよね」

デレデレする高野君に対して、寧々はかなり冷めている。

寧々はプイと顔をそらして、そっぽを向いてしまった。

ふたりのやりとりを聞きつつ、不審者はいないかとキョロキョロしてしまう。

かなり気になって仕方ないよ。

「行くぞ、鈴峰」

ボサッとしていたら、高野君に肩をポンと叩かれた。

寧々はすでに歩きだしていて、いつものようにマイペースぶりを発揮している。

よかった。少しは落ちついたんだね。

「腹減ったな〜。寧々ちゃんはなに食いたい？　俺がおごっちゃうよ〜！」

「たこ焼きとから揚げとカステラ。それと、かき氷」

「そ、そんなに？」

ビックリして声を出したのは、高野君ではなくわたしだった。

そんなに食べられるの？

いくらおごってくれるといっても、少しは遠慮とかしないのかな。

それに、よくこんな時に食べられるよね。

「ウソに決まってるでしょ。あたし、食欲ないからなにもいらない」

驚くわたしに寧々は淡々と答える。

どうやら、冗談で言ったみたい。

「海斗が食べたいものだけ買えば？　ちょっと疲れたから、あたしと花梨はそこで休んどく」

この短時間で人混みに疲れたのか、ストーカーの件もあって精神的にこたえたのか、ぐったりしながら寧々が石段のほうに歩いていく。

わたしもあとを追って歩いた。

暑いし、人混みだし。

なにより、心配で寧々をひとりにはできない。

「鈴峰はなにかいる？　あれば買ってくるけど」

「あ、じゃあなにか飲み物を……」

「オッケー」

寧々を放っておけず、わたしは高野君にお願いした。

お金はあとで払えばいいよね。

「はぁ。もう帰ろうかな」

石段に腰を下ろし、ひとりごとのように寧々がつぶやく。

だんだんと薄暗くなって、豆電球の明かりが煌々《こうこう》としていた。


ほどなくして、高野君が戻ってきた。

「ほら」

ビニール袋をガサゴソと探り、ペットボトルのお茶を渡してくれる。

「ありがとう！　いくらだった？」

「んあ？　いいよ、俺のおごり」

ニッと笑いながら、高野君が言う。

「で、でも！　悪いよ」

「いいからいいから。それより、たこ焼き買ってきたからふたりで食えば？」

高野君は、今度は寧々に向かって袋を差しだした。

とても優しい眼差しで寧々を見ている。

寧々は黙りこんだまま、高野君をムシしてスッと立ちあがった。

「あたし、帰る」

「えっ？　ね、寧々ちゃん……？　待って」

突然の行動に驚いたのか、高野君がとっさに寧々の腕をつかんだ。

「離して！」

「なんでそんなに機嫌悪いの？　俺、なんかした？」

状況を飲みこめない高野君が焦ったように寧々を見る。

「離してってば！　さわらないでよ、気持ち悪い！」

寧々は目を吊りあげながら、大きくブンブンと高野君の手を払いのける。

高野君はその反動でバランスを崩し、たこ焼きの入っていた袋が手から地面に落ちた。

袋から容器が出て地面にたこ焼きが転がり落ち、一瞬で砂まみれになってしまった。

「か、海斗が悪いんだからね！　どうせ、あたしの表面しか見てないくせに！　大っ嫌い！」

寧々はとまどうように瞳を揺らしながら、わたしたちに背を向けて石段を駆けおりていく。

うっすらと涙がにじんでいたような気がしたのは、わたしの気のせいかな。

「鈴峰、ごめん。俺、寧々ちゃん追いかけるから」

「うん！　行ってあげて！　寧々は……その、いろいろあって……男の人を信じられないんだよ。でも、高野君なら大丈夫だと思うから。がんばってね！」

「おう。サンキューな！　じゃあ」

がんばれ！

心の中でエールを送りながら、走っていく高野君の背中を見送った。

さて、これからどうしよう。

花火がはじまるまで、まだ三十分以上もある。

ひとりでブラブラしてようかな。

「よう、久しぶり」

地面に落ちたたこ焼きを拾っていると、突然頭上から声がした。

ビックリして顔を上げると、そこには怪しげな二人組の男の姿があった。

……ふたりとも、どこか見覚えのある顔。

薄気味悪い笑みを浮かべ、唇の端を上げてわたしを見下ろしている。

ただならぬ雰囲気に、恐怖を覚えた。

「寧々ちゃんって、やっぱり彼氏いたんだな。なんなんだよ、さっきの男は」

ジリジリとわたしにつめよるひとりの男。

あっ、思い出した。寧々に突然誘われて会った二人組のうちのひとり、コウ君と呼ばれていた男だ。

そして、もうひとりはヨリ君。

ふたりとも同じようにわたしをさげすむような目で見ている。

なぜ、今このふたりがここに？

「思わせぶりなことしといて……ダマしてやがったんだなっ！　あの女、ぜってー許さねー！」

握りしめたコウ君の拳が震えている。

眉と目を吊りあげ、まるで鬼のような形相。

「あとをつけて話しかけるタイミングを狙ってたっつーのに、男といるところを見ちまうなんてな。おまえもさー、知ってたんだろ？　あの女に男がいるって」

「えっ？　わ、わたしは……」

正確には今は彼氏じゃないわけで。

だけど、コウ君と会ってた時は付き合っていた。

どう言えばいいのかわからないよ。

「黙ってたおまえも同罪だからな。許さねー。地獄の底まで追いつめてやる」

ギロッとにらまれ、背筋が凍る思いをさせられた。

じ、地獄の底までって……。

「おら、ちょっと来いよ！」

「い、いた……っ」

腕をつかまれ、思いっきり引っぱられる。

バランスを崩してよろけるわたしにコウ君がチッと舌打ちした。

「グズグズすんな、さっさと歩けよ！」

「や、やだ……っ！　離して！」

ふたりに両脇からガッと腕をつかまれ、身動きが取れない。

必死に抵抗したけど、男の人の力にはかなうはずがなかった。

「な、なんでこんなこと……っ」

それにわたしまで同罪だなんて、ありえないんだけど。

「うらむんなら、あの女をうらむんだな。あいつのダチだっつーだけで、俺らに拉致られんだから」

コウ君は冷たい瞳でわたしを一瞥《いちべつ》すると、腕をつかむ手にさらにグッと力をこめた。

ら、拉致《らち》……？

もしかして、わたし、拉致されそうになってるの……？

これからどうなるの、わたし。

誰か……。

助けを求めたくても、怖くて声が出ない。

足が……身体が震える。

ど、どうしよう。

ふたりに両脇を抱えられ、引きずられながら神社の敷地の外に出てしまった。

お祭りにやってきた人たちであふれ返り、誰もわたしが拉致されそうになっているなんて気づかずに、みんな楽しそうに笑顔を浮かべている。

助けを求めたいのに、恐怖から声が出ない。

人混みを避けるように歩かされ、ひと気のないところまで連れてこられた。神社から一キロメートルは離れたんじゃないかと思う。

「なー、この女どうすんの？」

ヨリ君が面倒くさそうに口を開く。

巻きこまれて迷惑してるって感じだ。

「こいつをエサに、あの女を呼びだすに決まってんだろ？　あいつが来たら、ふたりまとめて痛い目にあわせてやる」

目が本気で、冗談で言っているようには思えない。

どんなことをされるのかはわからないけど、恐怖で身体が震えた。

「たっぷりかわいがってやるから、覚悟しとけよ」

耳もとでささやかれ、ゾゾゾッと悪寒が走る。

ニタニタ笑う顔が、めちゃくちゃ気持ち悪かった。

や、やばい。

やだよっ。

ものすごく、身の危険を感じる。

「おまえ、この前も寧々ちゃんのあとをつけたって言ってたよな？　ヤベーこと企んでんじゃねーだろうな？」

ヨリ君が言った。

えっ……？

あ、あとをつけた？

そういえば、さっきもそんなことを言ってたような。

もしかして……寧々をストーカーしてたのって、コウ君だったの!?

「心配すんなって。ヤベーことはしねーよ」

ニヤッと怪しげに笑うコウ君に、どうしても嫌な予感が払拭できない。

どうしよう、なんとかしてここから逃げださないと。

神社から離れると、さすがにひと気もなく明かりさえない。

さらに蒸し暑くてジメジメしている。

もし本当にコウ君が寧々のストーカーだったとしたら、本気でなにをされるかわかったもんじゃない。

「ど、どこに連れてくつもり……？」

恐怖と不安でバクバクする鼓動を押さえ、おそるおそる口を開いた。

声が震える。

「あ？　決まってんだろ、楽しいことができる場所だよ」

「い、今ならまだ間にあうから……こんなことはやめてよ。ね？」

「誰がやめるかよ、あの女に裏切られてイライラしてるっつーのに！」

怒声が暗闇に響いた。

険しくなった表情と、鋭くなった目つきに心がひるむ。

どうやら、解放してくれる気はないらしい。

寧々に対して、相当怒っていることがわかった。

今はなにを言っても怒らせるだけだろうから、よけいなことを言ってこれ以上刺激しないほうがいい。

両脇をガシッと固められているから、逃げようにも逃げられず。

さらには履きなれない下駄を履いているから、親指の間にヒモが擦れてかなりヒリヒリする。

きっと、血が出ているんだと思うけど。

それを確かめることもできない。

どのくらい歩いただろうか。

連れてこられたのは、バスに乗っている時に通った繁華街の中の廃墟となった古びたビルの一室。

埃っぽくてジメジメしてるし、不快感しか感じない。

もちろん電気も通っておらず、真っ暗で薄気味悪かった。

入りくんだ路地裏に位置しているここは繁華街の中にあるけど、人目につきにくい。

「昔、MMの事務所だった場所だ。今はもっとデカいビルになってるけどな。ヨリ、こいつの手をガムテープで縛れ」

コウ君がニヤリと笑う。

鋭い瞳に色はなく、冷めきっている。

人間味がないというか、なにを考えているかわからないような目つきが怖い。

「は、はぁ？　それはヤベーだろ！」

「ちっ。なに怖じ気づいてんだよ」

「けど……これって犯罪だろ？　俺、前科もちになるなんて嫌だし」

焦ってとまどうヨリ君に、再び舌打ちが聞こえた。

「使えねーな、てめぇは。バレなきゃ大丈夫に決まってんだろ？」

イライラしたように言い、床に転がっていたガムテープを拾いあげるコウ君。

すぐに立ちあがると、広い部屋の中にポツンと置かれていたボロボロのソファにわたしを投げとばした。

「きゃあ……っうぐっ」

あまりの勢いと衝撃におもわず叫ぶ。

顔面を打ったせいで、頬がヒリヒリ痛んだ。

反動で舌先を噛んでしまい、口の中に鉄の味が広がる。

起きあがろうとした背中の上に、突然重みを感じて顔を歪めた。

「おとなしくしてろよ？　騒いだら、タダじゃおかねー」

うしろから両手をつかまれ、ガムテープをぐるぐる巻きにされる。

ガッチリ両手が動かないように固められ、起きあがることさえできずに、そのまま力なくソファにうなだれた。

「このまま足も縛っちまうか」

背中に感じる重みがスッとなくなり、一瞬だけわたしは解放された。

だけど、すぐにコウ君の手が足に伸びてガムテープで縛ろうとする。

「ちっ、取れねーし」

ガムテープがくっついてしまい、コウ君はそれを剥がすのにイライラ。

あきらめたのかそれをポイと投げると、床に転がっていたガムテープのロールに手を伸ばした。

「おい、手伝えよ！」

ヨリ君に向かってコウ君が叫んだけど、ヨリ君の姿が見当たらない。

「どこに行ったんだよ、あの腰抜けが！　逃げやがったな、タダじゃおかねー。見つけたらブッ殺してやる」

大丈夫……いける。

よしっ、今だ‼

必死に仰向けになり、しゃがみこむコウ君のアゴ目がけて思いっきり足を蹴りあげた。

「うぐっ」

鈍い音とともに聞こえたうめき声。

スルッと脱げた下駄が、宙に弧を描いて飛んでいく。

よっぽど痛かったのか、コウ君はアゴを押さえて床に転がったまま微動だにしない。

痛そうに顔をゆがめていた。

逃げるなら、今しかない。

起きあがり、立ちあがる。

手は縛られたままで身動きがとりにくかったけど、わたしはドアに向かって思いっきり走った。

ドアは半開きの状態で、手を使わなくても開けることができた。

階段を下りて外に向かう。

バクバクと心臓がものすごく速く動いている。

追いかけてこないか不安だったけど、姿を見たら足が動かなくなりそうで振り返れず。

とにかく走った。

たとえ追いかけられたとしても、ビルの外に出て、路地から抜ければ人通りが多いから手荒なマネはしないはず。

苦しくて息が上がる。

片方だけ履いた下駄ではうまく走ることもできなくて。

さらには気持ちも焦って、何度も転びそうになった。

下駄を履いていないほうの足の裏がジンジン痛い。

もう少し……っ！

もう少し！

「待て、このクソ女！」

目の前に入口の扉が迫った時、誰かの手によって思いっきりうしろに引っぱられた。

視界がグラッと揺れたかと思うと、そのまま尻もちをつく。

「この暴力クソ女が」

「い、いたっ」

髪の毛をわしづかみにされ、頭を持ちあげられる。
ブチブチと髪の毛の抜ける音が聞こえた。
あまりの痛さに顔がゆがむ。
どうして……なんでわたしがこんな目にあわなきゃなんないの。
情けないやら悔しいやらで、目にジワジワ涙がこみあげる。
コウ君は、これまでにないほど冷たい目でわたしを見下ろしていた。
なんで……わたしがなにをしたっていうの？
「おら、立てよ。俺の顔に傷をつけたバツとして、今からたっぷりかわいがってやる」
「……っ」
髪の毛を引っぱられ、そのまま奥へと引きずられる。
こ、ここまで来たんだ。
あと少し……。
あと少しで出られるのに！
悔しくて痛くて、涙がこぼれおちた。
誰でもいいから、お願いだよ。
助けて‼

目を閉じると、なぜかキヨ君の顔が浮かんだ。
屈託《くったく》のない笑顔で穏やかに笑うキヨ君の顔。
恐怖の中で、少しだけ温かい気持ちになれた。
キヨ君……っ。
キヨ君。
約束の時間は、もうとっくにすぎてるよね。
来てくれてるかな……？
呼びだしておいて行かないなんて、申し訳ないことをしちゃったな。
きっと、これで完全に嫌われちゃったよね。
……ごめんね、キヨ君。
胸が痛い。
なんで、こんなことになっちゃったんだろう。
「よく見るとおまえも結構かわいい顔してるな。たっぷり楽しませてもらうとするか」
ソファのある部屋からさらに奥の狭い部屋に連れこまれた。
窓からさしこむ月明かりに、コウ君の薄気味悪い顔が浮かぶ。
怖くてブルッと身震いしたわたしは、なにをされるかわからない恐怖で固まった。

そして、そのまま荒々しく床に押したおされた。

おおいかぶさられ、抵抗する間もないほどすばやく顔が近づいてくる。

ゾワッと寒気がして鳥肌が立つ。

気持ち悪い。

「ちょ、やだ……っ、やめ」

両手が使えないわたしは、必死に身体をもぞもぞ動かすしかなかった。

「痛い目見たくなかったらおとなしくしてろよ！　せっかく短時間ですまそうとしてやってんのに」

「嫌……っ！」

「ちっ。ものわかりの悪い女だな」

イライラしたように吐きすてると、肩に置かれていた手が浴衣の胸もとから中に入ってきた。

「やだ、やめて……っ！　助けてー！」

「うっせえんだよ！　少し黙れ」

荒々しくなった手つきは、強引に浴衣を脱がしにかかる。

やだ。

やだよ。

なんで、好きでもない人なんかとこんなこと。
助けて……！
お願いだよっ。
助けて……っ！
キヨ君。
「思いを伝えるはずだったのに、なんでこんなことに」
「うっ……ひっく」
恐怖で涙が止まらない。
怖い。
怖いよ。
——バンッ。
「花梨ちゃん‼」
えっ……？
涙で濡れたわたしの目に、ぼんやりと人影が映る。
だけど、顔がよく見えない。
この声は……キヨ、君？
ううん。

キヨ君がこんなところにいるはずない。

空耳かな。

「てめえ、花梨ちゃんになにしてんだよっ!!」

「ななな、なんだおまえはっ!」

「汚い手で花梨ちゃんにさわってんじゃねー!」

ドカッという鈍い音が聞こえたかと思うと、身体に感じていた重みが消えた。

「うっ」

ドサッと倒れこむような音と、うめき声が聞こえた。

なに?

なにが起こったの?

わけがわからなくて、キョロキョロ見回す。

すると、顔を押さえて床にうずくまるコウ君が目に入った。

なに?

どうなってるの?

誰?

「花梨ちゃん!　大丈夫?」

「キ……キヨ、君?」

な、なんで……？

どうして、ここに？

キヨ君はわたしのそばまで来ると、しゃがみこんでわたしの身体を持ちあげた。

それは、いわゆるお姫様抱っこってやつ。

「キ、キヨ君……」

「……った」

小さく絞りだされた声。キヨ君の腕はかすかに震えている。

恥ずかしさより、助かったっていう気持ちのほうが大きくて。

疑問はいっぱいあったけど、ホッとしたのと同時に安心感が胸に広がった。

「よかった、間に合って。怖かっただろ？　遅くなってごめん」

「ううん……っ」

むしろ、なんでここがわかったのかナゾ。

「だって、呼んだのは花梨ちゃんだよな」

コウ君は床にうずくまったまま動かなかった。

キヨ君の視線が、ガムテープでぐるぐる巻きにされたわたしの手もとに落とされる。

キヨ君はツラそうに顔を歪めたかと思うと、次の瞬間殺気立ったオーラを放った。

その横顔には怒りが浮かびあがっている。

「てめえ、二度と花梨ちゃんの前に現れるんじゃねーぞ。次はこんなもんじゃすまさねー」

「……っ」

コウ君はすでに戦意喪失状態で、まだ痛そうに悶えている。

きっと、キヨ君にはかなわないと思ったんだろう。

「……っ興味ねーよ、んなクソ女なんて」

そんな捨てゼリフを吐いた。

「だったら二度と近づくな。次どっかで会ったら、おまえになにするかわかんねーし。本当は今でもボコボコにしてやりたいっつーのに」

ものすごい怒りのオーラをまとってギロッとにらむキヨ君の顔は、今までに見せたことのない表情だった。

わたしを抱く手にギュッと力がこめられる。

キヨ君は黙ったままわたしをお姫様抱っこで抱えながら廃ビルをあとにした。

「キ、キヨ君……お、下ろして？」

人通りが多いせいで、お姫様抱っこをして歩くキヨ君に好奇の視線が寄せられている。

わたしは急に恥ずかしくなってうつむいた。

「ムリ。おとなしく俺に抱かれてろ」

「……っ」

もう怒ってはいないみたいだけど、どこか無表情で遠い目をしているキヨ君。

「ど、どこ行くの……？」

「俺んち」

「えっ……？」

キヨ君の家？

「嫌かもしれないけど、こんな状態のまま家に帰せないし帰したくない」

キヨ君……。

やっぱり……優しいね。

ありがとう。

キヨ君の家は歩いてすぐだった。

にぎやかな通りを抜けた繁華街のいちばん奥にたたずむマンション。

ひと目見ただけで、高級マンションだってことがわかった。

エレベーターはガラス貼りになっていて、三十階まで部屋がある高層マンションみたいだった。

キヨ君はわたしを抱いたまま器用に二十八階のボタンを押した。

エレベーターが上がっていくのと同時に、夜景が視界いっぱいに広がっていく。

……綺麗。

「お家の人……いるよね？　わたしを見て、ビックリしないかな」

「大丈夫。両親は今、旅行に行ってるから」

「そ、そうなんだ……」

ってことは、キヨ君とふたりっきりってことか。

それはそれですごく緊張する。

想像を超えるほど、部屋の中はすごく広かった。

玄関は大理石だし、壁には高そうな絵画が飾られている。

キヨ君は片方だけ残った下駄を脱がすと、リビングまで行きソファにわたしを座らせた。

そして、手に巻かれたガムテープを優しくていねいに剥がしてくれる。

「痛い？　ごめん、ちょっとだけ我慢して」

「大丈夫だよ。それより、なんでわたしの居場所がわかったの？」

ほかにも疑問はたくさんある。

「役者がそろったら、くわしく説明するよ」

役者……？

「それより、あの男になにされた？」

「べつに……なにもされてないよ。未遂だったし」

奇跡的なタイミングのよさでキヨ君が来てくれたから、わたしは助かったんだ。

「未遂？　浴衣も乱れてるし、髪の毛もボサボサなのに？　おまけにガムテープで縛られてるし」

眉を下げてツラそうに顔をしかめるキヨ君。

「下駄だって片方脱げてるじゃん。足の裏もケガしてるし」

キヨ君がわたしの足の裏を優しくなでてくれた。

その手の温もりにホッとする。

気を張っていたせいか、今になってドッと疲れが出た。

それと同時に、今頃になって身体が震えてきた。

「こ、怖かった……っ」

キヨ君が来てくれなかったら、わたし。

わたしは……。

そう考えると、とてつもない恐怖が襲ってきた。

「大丈夫。もう大丈夫だよ。俺が……いるから」

キヨ君の手が腰に回され引きよせられる。

ふわっと優しく抱きしめられた。

「……うん、ありがとう」

キヨ君の温もりが、怯えきった心を優しく包んでくれる。

「やっぱり、もうちょっと殴ってやればよかった。花梨ちゃんをこんな目に遭わせやがって」

悔しそうにギリッと唇を噛むキヨ君。

切なげに揺れる瞳に胸の奥がキュッとうずく。

「もっと早く見つけてやれなくてごめん」

「だ、大丈夫だよ……っ。キヨ君、わたしのヒーローみたいだったもん」

だからお願い。

そんな顔をしないでよ。

「そんなにいいもんじゃないよ。花梨ちゃん、俺のこと過大評価しすぎ」

耳に届く息づかいが、胸板から伝わる鼓動が、わたしを抱きしめる腕から……キヨ君の悔しい気持ちが伝わる。

「そんなことない！ すごくカッコよかったよ。だから、そんな顔しないで」

わたしはキヨ君の首もとに手を伸ばしてギュッと抱きついた。

ドキンドキンと高鳴る鼓動は、きっとキヨ君にも届いている。

だけど、それでもいい。

さっき、あんな目に遭ったばかりだというのに……。

キヨ君なら、全然怖くない。

むしろ、ギュッとすることで安心するんだ。

「か、花梨ちゃん……？」

「お願い。少しだけ……このままでいさせて」

キヨ君の胸に顔をうずめる。

「いいけど……俺がもつかどうか」

「え？」

「いや、こっちの話」

よくわからなかったけど、安心感を求めるようにキヨ君の首もとをギュッとしつづけた。

「足のケガ……手当てしてあげる」

しばらくして、キヨ君が耳もとでささやいた。

そういえば、足をケガしてるんだったっけ。

ズキンと親指の間が痛みを思い出した。

キヨ君に回していた手をゆるめると、キヨ君はわたしから顔をそむけるようにしてスッと立ちあがった。

なんだか……耳が赤いような気がするのは気のせいかな。

救急箱を手にして戻ってきたキヨ君は、ソファに座るわたしの前にかがんで床に座った。

よく見ると茶髪のゆるふわパーマと、服装がかなり乱れている。

よっぽど心配して探しまわってくれたってこと？

キヨ君の全部にドキドキする。

ねぇ……好きだよ。

キヨ君……。

「うわっ、痛そう。あいつ、マジで許せねーな」

どうやら、機嫌が悪くなるとキヨ君は口が悪くなるらしい。

ふだんはおっとりしたしゃべり方なのに、急に男らしくなるとそれはそれでドキドキする。

「マジでなにもされてないの？　場合によっては、もうちょっと殴らないと気がすまないんだけど。あ、ちょっとしみるよ」

「いたた。ホントになにもされてないから大丈夫だよ」

消毒液がかなりしみる。

あまりの痛さに顔をしかめた。

優しくていねいに消毒したあと、キヨ君は絆創膏を貼ってくれた。

肌がふれあうたびにドキッとして頬が熱くなる。

「そっか。ならよかった」

ホッとしたのか、キヨ君の表情がゆるまり笑顔が戻る。

かなり心配させちゃったみたいでいたたまれなかった。

「部屋着借すから、とりあえず着替えなよ」

「いや、で、でもっ……」

「そんな格好、ほかの男に見せたくない」

え？

そんな格好？

それに……ほかの男って？

わたしは自分の姿に目をやった。

「わ」

胸もとがはだけて、浴衣がたるんでしまっている。

そっか。

さっき、脱がされそうになったから……。

帯も取れかかっていて、かなり乱れている自分の姿に恥ずかしさがこみあげた。

キヨ君はパッと立ちあがると、綺麗に畳まれた洗濯物の中から短パンとTシャツを渡してくれた。

「あいつらが来る前に着替えちゃって」

「あ、あいつら……？」

わたしのほかに、ここに誰かが来るってこと？

とりあえず、さしだされた着替えを受けとる。

「外にいるから、着替えたら教えて」

バタンとドアが閉まったかと思うと、部屋の中は急に静かになった。

帯を解いて浴衣を脱ぐ。

キヨ君が渡してくれたTシャツは、お日様の香りがした。

いい匂い。

怖い目に遭っていたことが、まるで夢の中の出来事みたいに思える。

キヨ君は本当にわたしのヒーローだよ。

「あ」

Tシャツに袖を通した時、ふと目についた自分の腕。

ガムテープが貼られていたそこには、くっきりと赤い痣が残っていた。

夢じゃなかったんだな。

本当、怖かった。

どこかに落としたのか、持っていた巾着が見当たらない。

スマホとか財布とか貴重品が入っていたのに、どこで落としたのかさえも検討がつかない。

神社かもしれないし、廃ビルかもしれないし。

キヨ君の家に来るまでの道中だったかもしれない。

だけどもう、わたしには引き返す度胸なんてない。

涙色のラブレターも失ってしまった。

step＊7

怒りと真相

――ピンポーン。

はっ。

やばっ。

ぼんやりしちゃってた。

――コンコン。

「花梨ちゃん、着替えた？　入ってもいい？」

「あ、う、うん……っ！」

あわててうなずくと、ガチャとドアが開く音がしてキヨ君が戻ってきた。

「だ、誰か来たね」

「ああ。これで役者がそろったよ」

そういえばさっきもそんなことを言ってたな。

役者って、誰のこと？

オートロックを解除したキヨ君は、ソファに座るわたしの隣に静かに腰を下ろした。

その横顔は無表情で、なにを考えているのか全然わからない。

怒ってはいなさそうだけど、なんとなく話しかけられなくて。

膝の上に置いた自分の手を、ただギュッと握って人が来るのを待った。

——バンッ。

「キヨ！ 鈴峰！」

勢いよく開いたリビングのドアに、ビックリしておもわずビクッとなった。

「花梨……っ！ 大丈夫？」

「た、高野君……？ なんで？ それに杏子まで」

え？

なに？

どうなってんの？

わけがわからないよ。

高野君も杏子も、ダラダラ汗を流しながら息を切らしている。

髪の毛も服も乱れていて、急いでここに来たんだってわかった。

「な、なんでそんなに焦ってんの？」

「なんでって……っ、花梨が拉致されたって聞いて」

「え？」

「でも……っ無事でよかった」
杏子は目に涙を浮かべたまま、ガバッとわたしに抱きついてきた。
すすり泣く杏子に、わたしはわけがわからなくてとまどうばかり。
いったい、なんでわたしが拉致されたってわかったの?
状況がわからなさすぎておかしくなりそう。
それでもわたしは、杏子をなだめるように必死に背中をさすった。
高野君もキヨ君も、押しだまったまま杏子を見てなんとも言えない顔をしている。
わたしはそんなキヨ君の顔をじっと見つめていた。
「んなところに突ったってないで入ってくれば?」
キヨ君の視線がスーッと流れて、リビングのドアのほうに向けられる。
低い声はどこか冷めきっているようにも聞こえて、なんとなく雰囲気も怖い。
なに?
まだ誰かいるの……?
「入ってこられるわけないか。自分のせいでこうなったんだもんな」
え?
自分のせいでこうなった……?
ってことは、そこにいるのは。

「わかってんのかよ？　花梨ちゃんは巻きこまれたんだぞ？」

キッと鋭くなったキヨ君の目つきに、重苦しい空気が流れる。

「わかって……るよ」

ドアの向こうから弱々しい声が聞こえた。

反省しているのかはわからないけど、声のトーンはあきらかに暗い。

それは、今にも泣きだしてしまいそうなほど震えていた。

「わかってねーよ！　わかってたら、んなところでボサッと突ったってるはずねーだろ！」

キヨ君はわたしのために……声を張りあげて怒ってくれている。

「キヨ、ちょっと落ちつけよ」

「落ちつけるわけねーだろ！　花梨ちゃんがどんな目に遭ったと思ってんだよ！」

グッと握りしめた拳がプルプル震えていた。

そこまで必死になってくれてうれしいと思う反面、申し訳なさでいっぱいになっていく。

「わかってたら、いちばんにあやまるはずだろ？　ボサッと突ったってる場合じゃねーんだよ！」

「ううっ……ご、ごめん……なさい」

ドサッと崩れおちるような音が聞こえたと同時に、声を押しころして泣く声が聞こえた。

「ごめん……っなさい……っく」

なんでこんなに胸が痛いんだろう。

あやまられて、許すとか許さないとかじゃなくて。

ただ、胸が苦しい。

あやまられたかったわけでも、怒っていたわけでもない。

わたしは杏子から離れると、そっと立ちあがってキヨ君のうしろに回った。

——ギュッ。

「キヨ君……もう、いいよ」

もう、いいから。

わたしのために……キヨ君が怒らないで。

そんな顔をさせちゃってごめんね。

申し訳ない気持ちから、両手を回してきつく抱きしめる。

「か、花梨ちゃん……っ」

とまどうようなキヨ君の声が耳に届いた。

さっきまでとは違う穏やかな声に涙があふれる。

「ごめんね……ありがとう」

でも、本当に大丈夫だから。

キヨ君の身体から、力がスーッと抜けていくのがわかった。

キツく回したわたしの手に、大きなキヨ君の手がそっと重ねられる。

――ドキン。

やわらかい温もりに、大きく飛びはねる鼓動。

わたしったら、なんて大胆なことを。

無意識とはいえ、恥ずかしすぎるよ。

「そういうことは……みんなが見てないところでしよう。ね？」

「へっ⁉　そ、そういうこと？　あ！　ご、ごめん……っ」

パッと手を離し顔をそむける。

身体とか顔が焼けるように熱い。

気を取りなおして、わたしはリビングのドアまで近づいた。

その場に崩れおちて、顔をおおいながら泣いているのは浴衣姿の寧々だった。

「泣かないでよ。わたしは無事だったんだしさ！」

寧々と並ぶようにしゃがんで、寧々の肩に優しく手を置く。

顔を上げた寧々の涙に濡れた瞳が、怯えたようにわたしを捉える。

汗びっしょりで、さらには浴衣も少し着くずれていた。

わたしを探すために、走りまわってくれたの？

「お、怒って……ないの？」

嗚咽《おえつ》を漏らしながら寧々が言う。

「怒ってるけど、無事だったわけだし。気にしてないよ」

なんていうのは半分ウソ。

本当はものすごく怖かったし気にもしてる。

だけど、反省しているであろう寧々をこれ以上追いこみたくないのも事実だった。

「ごめん……なさい。あたしのせいで……花梨を傷つけた。ヨリ君から電話をもらって……全部聞いたの」

「え？」

ヨリ、君……？

「花梨がコウ君に拉致されてピンチだから……助けにいってやれって。拉致された理由聞いて、テンパッて。気づいたら海斗に助けを求めてた……」

寧々はポロポロと涙をこぼしながら必死に続ける。

「海斗が佐藤《さとう》さんやキヨ君に連絡してくれて。キヨ君もちょうど神社にいたからなんとか間に合ったの。花梨がひどいことになる前に助けだしてくれて、本当によかった。

みんなに協力してもらえたから、こうやって」

佐藤さんっていうのは杏子のこと。

ここまで聞いて、だいたいの話の流れはつかめた。

そうだったんだ。

ヨリ君……途中で姿が見えなくなったのはこういうことだったんだ。自分は関わりたくないって感じだった。

自分は関わっていないふうを装ってこっそり寧々に電話をかけていたんだ。

「あたしがコウ君に思わせぶりな態度をとったせいで、花梨まで巻きこんじゃって本当にごめん……っ」

寧々は浴衣の袖で涙をぬぐいながら、大げさにわたしに頭を下げた。

「ストーカーされたのも自業自得だよね。あたし……本当にバカだった」

「もう、いいから……顔上げてよ」

人は誰だって失敗する。

そうやって反省して学んで……成長していくんだと思うから。

今回の件が寧々にとって成長するきっかけになってくれたなら、もう同じ失敗は繰り返さないはず。

「花梨ちゃん、優しすぎ」

「そうだよ！　もうちょっとキツく言ってやってもいいじゃん」

キヨ君と杏子が口をそろえて不満を言う。

高野君だけは、ポロポロ泣く寧々を心配そうに見守っていた。

「わたし、優しくなんかないよ。今回の件はこれでいいの」

「花梨はよくても、あたしはよくないって！」

「そーだそーだ！」

杏子に同調するキヨ君の顔は、さっきより落ちついたように見える。

「いいの！　はい、この話はもう終わりね」

ブツブツ文句を言うふたりに向かって、強引に話を終わらせた。

「花梨ちゃんがいいって言っても、俺は許さねーから。ストーカー野郎のことは、自分でなんとかしろよな」

キヨ君はまだ寧々に対して怒っているらしい。

言い方が冷たいのと、言葉にすごくトゲがある。

知らなかった。

誰にでも優しいと思っていたから。

女の子にもピシャッと冷たいことを言うなんて。

「わ、わかってる……っ。自分で話をつけるから……」

寧々はビクビクしたように怯えた目でキヨ君を見る。

「はぁ？　んなことさせねーよ。寧々ちゃんのことは、俺が守るから」

「海斗に……これ以上迷惑かけられない。最低なあたしなんかを好きになってくれてありがとう。もうこれ以上は一緒にいられないよ」

寧々は申し訳なさそうに目をふせた。

「傷つけて、ごめんね……っ。海斗と一緒にいて楽しかったのはホントだから」

そこまで言って、寧々は立ちあがった。

わたしやそこにいた人の顔をぐるりと見回して、フッと力なく笑う。

その顔は痛々しすぎて見ていられなかった。

「ごめんね……もう、関わらないようにするから。じゃあ」

「待てよ」

低い声がしんとしていた部屋の中に響いた。

ビックリしたのか、寧々の肩がビクッと揺れる。

なぜなら。

いつも寧々にヘラヘラしていた高野君が、とても真剣な顔をしていたから。

こんな顔は初めて見る。

「そんなんじゃ納得できねーし。言っとくけど、生半可《なまはんか》な気持ちなんかじゃねーよ？

真剣に寧々ちゃんが好きなんだ」

「………」

黙りこむ寧々。

ふたりの視線が合わさって、誰も入りこめないような空気ができあがる。

熱のこもった高野君の瞳は、まっすぐ寧々に向けられていた。

「おまえら……人んちでそういう話をするんじゃねーよ！　ストーカーの件は、海斗がなんとかするってことで話は終わりな。ってことで、さっさと帰りやがれ」

キヨ君が呆れたように口を開く。

しっしっと手でふたりを追いはらうようにして、玄関へ追いやった。

「出たよ、腹黒王子の本性が」

そんな高野君の声を最後に、ふたりの姿は見えなくなった。

「とにかく花梨が無事でよかった……！　これであたしも安心して帰れるよ。じゃあね」

高野君や寧々に続いて、杏子までもが玄関に向かう。

わ、わたしも帰ったほうがいいのかな。

早く帰ってほしそうにしてるもんね。

そう思って玄関へ行こうとすると。

――グイッ。

「どこ行く気だよ?」

キヨ君に腕をつかまれ、引きよせられた。

「え?　どこって……帰ろうかと」

「はぁ?　なんで?」

え……?

なんでって言われても。

気に入らないというように、キヨ君が不服そうな目でわたしを見る。

帰っちゃダメってこと……?

「あ、杏子がひとりになっちゃうし。夜道は危ないから」

「アンちゃんなら男が下で待ってるから、花梨ちゃんが心配しなくても大丈夫」

え?

男?

もしかして、一緒に花火大会に行くかもって言ってた人かな。

「それより。大事な話があるんだろ?　俺、まだ聞いてないし」

「え?　あ……」

そういえば、そうだった。

わたし、告白するつもりでキヨ君を呼びだしたんだ。

「あ！」

そういえば、巾着がないんだった。

涙色のラブレターも手もとにはない。

財布やスマホが入っているだけに、どこに落としたのか気になる。

悪用されたりしちゃってたらどうしよう。

なにより、あの中には大切なラブレターが入ってるのに。

「どうしたの？」

「き、巾着がなくて……」

「巾着？」

「うん。どこかに落としちゃったみたいで。お財布とかスマホが入ってるの」

「それって、これのこと？」

くるっと背を向けたキヨ君は、リビングのテーブルの上からなにかをつかんでわたしにさしだす。

それは、どこかに落としたと思っていたわたしの巾着。

「玄関に落ちてたよ」

「よ、よかった。ありがとう」

ホッと胸をなでおろす。
よかった。
本当によかった。
巾着を受けとり中身を確認する。
よかった。
ラブレターは無傷だ。
しわくちゃになっていないし、折れまがってもいない。
「花梨ちゃん、こっち来て」
ホッとしたのもつかの間。
キヨ君に腕を引かれてソファに座らされる。
高野君と寧々と杏子は、もうすでに帰ってしまった。
ふたりきりだと思うと、とたんに緊張してドキドキしはじめた。
だ、だって。
なんだか、距離が近いんだもん。
「なぁ」
耳もとでささやかれる言葉は、甘く熱がこもっているように感じて。
心臓がはちきれそう。

「大事な話ってなに？」

熱のこもったまっすぐな瞳で、キヨ君は射抜くようにわたしを見る。

「う、うん……あのね」

「わたし……めちゃくちゃ好きみたい」

「ふーん。で、それを俺に報告してどうすんの？」

「え？」

どうするって……そんな冷たい言い方をしなくても。

さっきまでのキヨ君とは別人のような表情と言葉が胸に突き刺さった。

わたしの気持ちは、キヨ君にとって迷惑なものでしかないってことなんだ。

「キヨ君に……ただ、わたしの気持ちを知ってほしかっただけ、だよ」

ダメだ。

こんなことで泣いちゃ。

よけい、迷惑がられちゃう。

「花梨ちゃんの気持ちを知っても、俺にはどうすることもできないよ」

「………」

そう、だよね。

キヨ君は、わたしのことなんてなんとも思ってないもんね。

目の前がにじんで視界が揺れる。
喉の奥が焼けるように熱い。
これ以上なにか言うと、涙がこぼれおちそうだった。

勘違いのラブレター

シーンと静まり返った空間には、ぎこちない空気が流れている。
わたしは涙がこぼれないように、瞬きを繰り返して乾かした。
ラブレターが入った巾着をギュッと握りしめる。
このままじゃ嫌だ。
なにも……変わらないじゃん。
高野君みたいに、まっすぐにぶつかってみよう。
せっかく書いたんだもん、渡さなきゃ意味ないよね。
意を決してわたしは、巾着の中から震える手でラブレターを取りだした。
「こ、これ……」
キヨ君の反応が怖くて、うつむいたままキヨ君の顔を見ずにスッとさしだす。
ドキンドキンと、心臓の音がありえないほどうるさい。
「ははっ。なにこれ」
乾いた笑いが空間に響く。

キヨ君の声は、迷惑だとでも言いたそうな感じだった。

「ラ、ラブレター、だよ……っ」

キヨ君に渡すために、必死に気持ちをこめて書いたんだ。

「なんで俺なわけ？　こんなの受けとっても、俺は渡さないよ？」

「え？」

俺は……渡さない？

わけがわからない。

そっと顔を上げると、キヨ君は悲しげに瞳を揺らしながらわたしを見ていた。

その顔は、かなり傷ついているようにも思える。

「だいたい、海斗宛ての手紙を俺に渡すって……。俺、花梨ちゃんがなに考えてるのか、まったくわかんねーよ。俺の気持ちも少しはわかってよ」

え？

高野君宛て？

まさか。

キヨ君は、わたしがまだ高野君を好きだと勘違いしてる？

「ち、違うよっ……！　これはキヨ君宛てで、さっきの告白も……」

キヨ君に対してのものだったんだよ？

「わたしが好きなのは……キヨ君だから」

はっきりそう口にした瞬間、顔から火が出たみたいにボッと熱くなった。

こんなにはっきり口にしたのは初めてだから、かなり照れくさい。

「キ、キヨ君……？」

大きく目を見開いたまま、フリーズしているのか固まるキヨ君。

わたしはそっと手を伸ばして、キヨ君の手をつかんだ。

「海斗宛てのラブレターじゃないの？　どういうこと？　花梨ちゃんが……俺を好き？　うそ、だろ」

うわごとのように言うキヨ君は、動揺しているのか目をあちこちに泳がせている。

「う、うそじゃないよ！　わたし、もうずいぶん前からキヨ君だけが好きだもん」

ギュッと手を握る。

わたしの想いが、どうか――。

キヨ君に届きますようにと願いをこめて。

迷惑かもしれないし、友だちにすらなれないって言われたわたしだけど。

わたしのこの想いは変わらない。

キヨ君が好きだよ。

大好きだよ。

「ねぇ、聞いてる？　好きだよ……大好きすぎて、どうしたらいいのかわからないの」

さらにギュッと力をこめてキヨ君の手を握る。

すると、指を絡めとられて恋人つなぎをされた。

「あー、もう！　どんだけかわいいんだよっ」

——グイッ。

「へっ⁉　わっ」

引きよせられて、キヨ君の胸にトンッとおでこが当たる。

「今まで、どんだけ我慢したと思ってんだよ？　言っとくけど、容赦《ようしゃ》しないから」

「へっ……？」

容赦しない……？

「知ってる？　ここが俺んちだってこと」

切羽つまったような声が耳もとで聞こえて、胸がキュンとうずく。

ドキドキしすぎて、身体中がものすごく熱い。

「誰もいなくて、ふたりっきりだってことがわかってんのかよ？」

「わ、わかってるけど……」

それがどうかしたの？

わたしは、キヨ君に好きだって言ったんだけど。

「キ、キヨ君は……わたしのことをどう思ってるの？」

不安と緊張から声が小さくなる。

ダメだな。

意気地なしだよね、わたし。

好きな人に抱きしめられてるっていう現状でも、好かれているなんて自信はどこからもわいてこないから。

わたしのことをどう思っているのか。キヨ君の本当の気持ちが知りたい。

何気なくキヨ君の顔を見上げると――。

「だーかーらー！　目を潤ませながら、赤い顔して見上げんの禁止だって」

なぜだかわからないけど、キヨ君は気まずそうにわたしから目をそらした。

その顔は真っ赤で、恥ずかしさが伝わってくる。

「言ったよね？　俺だって、男だって。花梨ちゃんにそんな顔で見られると、自制効かなくなってヤバいんだって」

熱のこもった瞳を向けられて、ドキッと大きく鼓動が高鳴る。

それは、高野君が寧々を想って見るような熱い眼差し。

そ、それって……まさか。

「俺のほうが、花梨ちゃんのことを何倍も好きなんだから」

えっ……？

「つーか、花梨ちゃんマジで鈍感すぎ」

「だ、だって！　わたしとは友だちでいられないって……」

そう言ったのはキヨ君じゃん。

嫌われてると思ってたのに。

「好きだから、花梨ちゃんとは友だちでいたくなかったって意味だよ。カレカノになりたかったってことだし」

「え？　そ、そうだったんだ……」

それなら、納得できる。

でもまさか、そんなに前からキヨ君がわたしを想っててくれたなんて。

うれしすぎて頬がゆるむ。

両想いがこんなにもうれしいだなんて、初めて知ったよ。

「そうやって無意識に手を握って……花梨ちゃんって、小悪魔すぎ。ドキドキさせられっぱなしで、ヤバいんだけど」

「ヤ、ヤバいって……なにが？」

「………」

わたしの質問にキヨ君は黙りこんだ。
そして……呆れたようにため息をついてひと言。
「もうムリ。我慢できない」
「えっ、ええっ？　んっ」
いきなり現れたキヨ君のドアップと、唇に落とされたやわらかい温もり。
目の前にいるキヨ君は、ごく自然に目を閉じていた。
頭が真っ白になって正常に働かない。
だけど、唇にふれる熱がキスしているんだということを教えてくれる。
わ、わたし……キヨ君とキスしてるんだ。
ドキンドキンと鼓動がうるさい。
胸の奥が甘く締めつけられて、キヨ君しか見えないよ。
何度も何度もキヨ君の唇が降ってきて。
最初は優しくふれていただけだったのに、途中から激しいものに変わった。
や、やばい。
身体の奥が熱くて、頭がクラクラする。
「キ、キヨ君……わたし、もう」
唇が離れたわずかな隙に、そう口にするのが精いっぱいで。

それがわたしにできる唯一の小さな抵抗だった。

「あおっておいて、もうギブアップ?」

クスッと笑うキヨ君は、イタズラッ子そのもの。

「そ、そんなつもりは……」

「無意識だったとしたら、よけいにタチ悪いって」

ううっ。

そう言われても。

「ぷっ、冗談だって。いろいろあったし、今日は疲れただろ? もう遅いし、そろそろ送っていくよ」

「え?」

もう?

まだ、離れたくないな。

もう少しだけ、キヨ君の温もりにふれていたい。

だけどこれは、わたしのワガママだよね。

「なに? もっと一緒にいたいの?」

からかうように、キヨ君がクスッと笑う。

「え? な、なんでわかったの?」

図星を指されて恥ずかしかった。

「マジで？　冗談で言ったつもりだったんだけど」

「えっ⁉」

じょ、冗談……？

なんだ。

そっか。

「そんなに一緒にいたいなら、俺んちに泊まる？　花梨ちゃんさえよければの話だけど」

「えっ⁉」

と、泊まりは……まだちょっと。

でも、一緒にいたいし。

だけど。

「ぷっ。冗談だって」

「ひ、ひどい！　さっきからそればっかり」

わたしをからかって楽しんでるの？

「花梨ちゃんの反応がかわいくて、つい。じゃあ、もう少し一緒にいよっか」

ニコッと笑うキヨ君のほうが、小悪魔なんじゃないかと思う。

キヨ君の笑顔を見るたびに、わたしの心臓はせわしなく動きだすんだもん。

「ラブレター読んでいい？」

キヨ君が突然そう言った。

ソファに並んで座るわたしたち。

涙のしずく模様の便箋にわたしのありったけの想いをこめて書いた、涙色のラブレター。

「ダ、ダメ……っ‼」

「なんで？　俺宛てなんだから、べつにいいじゃん」

「ダメだよ……！　だって、恥ずかしすぎるもんっ」

口で伝えたんだし、もうそれでよくない？

キヨ君の気持ちも聞けたことだし。

今さら恥ずかしくなって、わたしはラブレターをギュッと胸もとに当てた。

「いいじゃん。読ませてよ」

「絶対ダメッ！」

「お願い……！」

うっ。

そんな、捨てられた子犬の目をしないでよ。

そんな目で見られると、許してしまいそうになる。

「わ、わかった……でも、笑わないでね？」

これでも、一生懸命悩んで書いたんだから。

「笑うわけないだろ。花梨ちゃんが書いた、俺へのラブレターなんだから」

そうやって恥ずかしいセリフをサラッと言うところが、いつものキヨ君だ。

いつも、そうやってわたしを惑わすんだ。

おずおずと涙色のラブレターをさしだすわたしに、キヨ君はニヤッと怪しい笑顔を向ける。

恥ずかしいけど、渡すつもりで書いたんだし、ここはもう開き直るしかない。

ガサゴソと封筒を開ける音を聞く。

恥ずかしくて直視できずに、顔をふせてうつむいた。

そんなに長文じゃないし、すぐに読みおわるだろうけど。

目の前で読まれるのって、やっぱりめちゃくちゃ恥ずかしいよ。

「ぶはっ。花梨ちゃんの想いがすっごい伝わってきた！」

「わ、笑わないって言ったのに～！　ひどいよ」

「笑ってないって。かわいいなって思っただけ」

「顔がニヤニヤしてるもん」

ムッと唇をとがらせる。

絶対笑ったしー！

「ごめんごめん、怒らないでよ」

キヨ君が優しく頭をポンポンしてくれる。

まるで、子どもをなだめる親みたい。

だけどね、そんなささいなことでわたしの機嫌はすぐに元どおり。

代わりにドキドキが胸を支配するんだ。

キヨ君が大好きだって、身体中が叫んでいる。

「で、キヨ君の返事は？」

「俺？　そんなの、もちろんオッケーに決まってんじゃん」

照れくさそうにはにかむキヨ君に向かって、わたしは思いっきり抱きついた。

「ありがとう……大好きだよ」

「ははっ、俺も。けど、俺にふれたらどうなるかわかんないよ？」

「……っ」

恥ずかしいセリフをサラッと言うキヨ君が好き。

わたし……もう離れられそうにない。

この先もずっと、隣にいるのがキヨ君だといいな。

ねぇ。
大好きだよ。
ラブレターのその中身――。
それは。
『キヨ君へ
大好きです。
わたしはいつの間にキヨ君のことを
こんなに好きになってしまったのかな。
キヨ君のことを想うだけで涙があふれそうになるの。
こんなにも胸が締めつけられるような想いは生まれて初めて。
話せなくなって、苦しかった。
さみしかった。
泣きたかった。
もう一度、わたしに向かって微笑んでくれませんか?
できることなら、ずっとキヨ君の隣にいたいよ。
キヨ君のことが大好きです』

【fin.】

あとがき

まずはじめに《俺の方が、好きだけど。》を手にして最後まで読んでいただき、ありがとうございます。

野いちご文庫も三冊目の書籍化となりました。それも全部応援してくださっている読者様のおかげです。本当にありがとうございます！

このお話は約三年前に書いた作品で、サイトの方で読んでくださった方もいるんじゃないかなぁと思うのですが、書籍化にあたって一部修正したり、新たな内容も追加しているので、また楽しんでもらえていればいいなぁと思います。

編集作業で久しぶりに作品を読み返してみると、昔の自分ってこんな書き方をしていたんだなぁと思いました。今の文章と比べると全然ちがっていて、昔の作品の方がドキドキ要素が強いなぁとか思ってみたり。キヨ君の一挙一動にキュンキュンしたり、切なくなったりしながら、編集作業をしておりました。

一途男子、大好きです！

皆さまはどんな男の子が好きですか？

ファン祭りでもお話しましたが、私は報われない恋をしている男の子が大好きです。

だからいつもその男の子を幸せにしてあげたくなっちゃいます。

《俺の方が、好きだけど。》も例外ではなく、高野君よりキヨ君が好きだったり。

このお話を書いている時は、とても楽しかったです。

皆さまにも楽しんでもらえていると、最高にうれしいです！

あとがきは何を書こうかとても迷うので、何冊か私の文庫を持ってくださっている方は、いつも似たようなことを書いてるなぁと思うかもしれません。

いつも同じことを書いているような気がします。すみません。

自分の作品のことを深く語るのは、とても苦手なのです。ですが、思い入れはとても強いので作品に対する愛は大きいです！

これからもこんな私をどうぞよろしくお願いします。

最後になりましたが、この本の出版に携わってくださった担当の長井さん、ミケハラ編集室の担当様、そしてスターツ出版の皆さま、本当にありがとうございました。

そして、ここまで読んでくださった読者の皆さまに、心より感謝いたします。

二〇一八年六月二十五日　miNato

この物語はフィクションです。実在の人物、団体等とは一切関係がありません。

miNato先生への
ファンレター宛先
〒104-0031　東京都中央区京橋1-3-1　八重洲口大栄ビル7F
スターツ出版（株）　書籍編集部気付　miNato先生

俺の方が、好きだけど。

2018年 6 月25日　初版第1刷発行
2020年 1 月24日　　　第3刷発行

著　者　miNato©minato 2018

発行人　菊地修一

イラスト　池田春香

デザイン　齋藤知恵子

DTP　朝日メディアインターナショナル株式会社

編　集　長井泉
編集協力　ミケハラ編集室

発行所　スターツ出版株式会社
〒104-0031
東京都中央区京橋1-3-1 八重洲口大栄ビル7F
出版マーケティンググループ　TEL03-6202-0386
（ご注文等に関するお問い合わせ）
https://starts-pub.jp/

印刷所　共同印刷株式会社
Printed in Japan

乱丁・落丁などの不良品はお取り替えいたします。
上記出版マーケティンググループまでお問い合わせください。
本書を無断で複写することは、著作権法により禁じられています。
定価はカバーに記載されています。
ISBN　978-4-8137-0481-2　C0193

恋するキミのそばに。

♥ 野いちご文庫 ♥

それぞれの片想いに涙!!

早く俺を、好きになれ。

「ずっと、お前しか見てねーよ」

照れくさそうに笑うキミに、

私はいつからドキドキしてたのかな…？

miNato《ミナト》・著

本体：600円＋税

イラスト：池田春香

ISBN：978-4-8137-0308-2

高2の咲彩は同じクラスの武富君が好き。彼女がいると知りながらも諦めることができず、切ない片想いをしていた咲彩だけど、ある日、隣の席の虎ちゃんから告白をされて驚く。バスケ部エースの虎ちゃんは、見た目はチャラいけど意外とマジメ。昔から仲のいい友達で、お互いに意識なんてしてないと思っていたから、戸惑いを隠せず、ぎくしゃくするようになってしまって…。

感動の声が、たくさん届いています！

虎ちゃんの何気ない優しさとか、恋心にキュン♡ッッとしました。（*プチケーキ*さん）

切ないけれど、それ以上に可愛くて爽やかなお話し（かなさん）

一途男子ってすごい大好きです!!（青竜さん）

恋するキミのそばに。

♥野いちご文庫♥

感動のラストに大号泣

本当は、何もかも話してしまいたい。
でも、きみを失うのが怖い――。

おはよう、きみが好きです。

The message I want to tell you first when I wake up

涙鳴《るいな》・著

本体：610円＋税

イラスト：埜生

ISBN：978-4-8137-0324-2

高校生の泪は、“過眠症”のため、保健室登校をしている。１日のほとんどを寝て過ごしてしまうこともあり、友達を作ることができずにいた。しかし、ひょんなことからチャラ男で人気者の八雲と友達になる。最初は警戒していた泪だったが、八雲の優しさに触れ、惹かれていく。だけど、過去、病気のせいで傷ついた経験から、八雲に自分の秘密を打ち明けることができなくて……。ラスト、恋の奇跡に涙が溢れる――。

感動の声が、たくさん届いています！

何度も何度も泣きそうになって、すごく面白かったです！
(♡Haruka♡さん)

八雲の一途さにキュンキュン来ました!! 私もこんなに愛されたい…
(捺聖さん)

タイトルの意味を知って、涙が出てきました。
(Ceol_Luceさん)

恋するキミのそばに。

野いちご文庫

手紙の秘密に泣きキュン

だから俺と、付き合ってください。

晴虹《はるな》・著

本体：590円＋税

「好き」っていう、
まっすぐな気持ち。
私、キミの恋心に
憧れてる——。

イラスト：埜生
ISBN：978-4-8137-0244-3

綾乃はサッカー部で学校の有名人・修二先輩と付き合っているけど、そっけなくされて、つらい日々が続いていた。ある日、モテるけど、人懐っこくてどこか憎めない清瀬が書いたラブレターを拾ってしまう。それをきっかけに、恋愛相談しあうようになる。清瀬のまっすぐな想いに、気持ちを揺さぶられる綾乃。好きな人がいる清瀬が気になりはじめるけど——？　ラスト、手紙の秘密に泣きキュン!!

感動の声が、たくさん届いています！

私もこんな恋したい!!って思いました。
／アップルビーンズさん

めっちゃ、清瀬くんイケメン…爽やか太陽やばいっ!!
／ゆうひ！さん

私もあのラブレター貰いたい…なんて思っちゃいました(>_<)♥
／YooNaさん

後半あたりから涙がポロポロと…感動しました！
／波音LOVEさん